扉を開け放つと、部屋の中央で仁王立ちになったゾイと猫娘が、お互い向き合って対立していた。

俺は小さく舌打ちした。

剣呑な雰囲気で向かい合うゾイと猫娘の二人を囲うように散らばったガキ共が、面白そうに囃《はや》し立てている。

「ゾーイ！　ゾーイ！　ゾーイ！」

「エヴァ！　エヴァ！　エヴァ！」

ゾイはこちらに背を向けている為、表情はわからないが、猫娘《エヴァ》の方は髪の毛を逆立ててゾイを睨み付けている。

二人共、お互いから一切視線を逸らさない。

俺は二人を止めるかどうか少し悩み……結局はやめた。

アビー
アレックス
アネット
続いて『蛇』を出す。とんがり耳が俺の腕に
とぐろを巻く蛇を見て、目を丸くした。
「ウソ、両腕に蛇？」
傷口をなぞるように触れると、淡いエメラル
ドグリーンの光が暗い路地裏を照らす。
「……」
デカい女は、妙に安らいだ表情で消えていく
傷口を見つめていた。

アスクラピアの子
Child of Asclepia
ピジョン
illust. 増田幹生

contents

第一部　闇の中にて、邂逅《かいこう》

第一部　闇の中にて、邂逅《かいこう》

【プロローグ】俺という名の少年

そいつは、くすんだ茶色い髪の少年だった。

年の頃は一〇歳前後。身体の線は細く、瞳の色は澄んだ青。いかにも真面目そうだ。そして、酷《ひど》く世間知らずに見える。髪の色や風貌からして、日本人じゃない。格好もどこか変だ。足元まですっぽり隠れる裾の長い学生服みたいな衣服を着ている。それは、映画なんかで見た神父のような出《い》で立ちだった。

第一印象は『箱入り』の坊っちゃん。真面目そうで、甘ったれているように見える。こいつが教会からやってきたって言っても、俺は全然驚かない。

その少年が、酷く悲しそうに言った。

――母さんが死んだんだ。

「……そうか。残念だったな……」

俺には子供でいていい時期なんてなかったから、ガキに向かって使う言葉なんてわからない。

「親父《おやじ》がいるだろう。親父はどうした。親父は何をしていた」

――母さんにずっと付いてたよ。

「そうか……親父さんも頑張ったんだな。それで、お袋さんは、どうだった？　最期は……」

――眠るように逝ったよ。

「……」

悲劇に掛ける言葉なんてない。今生の別れはいつだって悲しい。それが家族なら尚更の事だ。

気の毒に。心からそう思う。年を食えばわかる。子供には両親に愛される時間が必要だ。

――兄さんを捜しているんだ。

「兄貴がいたのか。家族が大変な時に、そいつは何をしていたんだ？」

――うんと、遠くにいたんだ。

男の子は父の反対を押し切り、その兄を捜して旅に出たのだと語った。

無謀な旅だったとも。

――酷い目に遭ったんだ。

「……だろうな」

ガキの一人旅だ。そして世の中ってのは、そんなに甘くない。何もない方がどうかしている。

男の子は言った。

……すごく疲れた。もう終わりにしたい……

「ああ、そうすればいい。誰もお前を責めやしないさ」

……本当に、すごく疲れたんだよ……

そう語る少年の顔は憔悴《しょうすい》していて、今にも倒れ込んでしまいそうに見えた。

「……君の名前は……？」

少年は言った。

……『ディートハルト・ベッカー』。

見た目でわかっちゃいたが、案の定、外国人だ。

「親父さんの名前は？　何をやってるんだ？」

……ベルンハルト。サクソンの片田舎《いなか》で牧師をやっているんだ。

「ちなみに、お袋さんは？」

……クリスティーナ。

「そうか……知ってる場所なら送ってやろうと思ったが、生憎《あいにく》と知らん場所だ。俺にできる事はあるか？」

そこで、少年は俯《うつむ》きがちだった顔を上げた。

……兄さんを捜してほしい。

「そいつはどこにいるんだ？」

……わからない。

「コイツだ！　って特徴はあるか？」

……わからない。

「お前の兄貴だろう。なんでわからない」

……僕が生まれる前に、故郷から出ていったんだ。

すると、兄貴は少年よりずっとずっと年上だ。俺と同じぐらいの年齢になるだろう。

しかし……本当に無謀な少年だ。顔も知らない兄貴を捜して旅立ったのだ。失敗するのは当然の話だ。

「……お前、ひょっとしなくても……馬鹿なのか？」

……そこは父さん譲りなんだ。

「そうか。気の毒に……」

最初、そう思ったのとは別の意味でそう思った。少年は無謀な性格をしていて、兄貴も同じように無謀な性格なら、そいつは絶対に見付からないだろう。

少年は酷く疲れたように言った。

……僕は疲れた……疲れたんだ……

「だろうな」

特徴も人相も知らん相手を捜すんだ。そうならない方がどうかしている。

……あなたは、酷くはっきりとした物の言い方をするんだね……

「お前さんに色々あるように、俺にも色々あるんだよ。ディートハルト・ベッカー」

そして、沈黙が流れる。黙っている間、少年と対峙《たいじ》していると、俺は奇妙な感覚を覚えた。

それを言葉にするのは難しい。少年と俺は、全くの別人だが、どこか似通っている。共通点がある。根本的な何かを同じくしているという実感のようなものがある。

何故《なぜ》か、俺は少年に親切にしてやりたかったし、少年の方は少年の方で、何故か俺を頼りにしている。

わからない。だが、共感している。容姿も全く違えば、年齢も全然違うこの少年と俺は、大切な何かを共有している。

唐突に、少年が言った。

……神さまを、信じる？

俺は頷《うなず》いた。

「ああ、信じる。神はいる。近くて遠く。遠くて近い場所にいる」

……僕は、よくわからなくなったんだ……

「そうか。気の毒に……」

宗教をやってる訳じゃないが、俺は『神』とやらの存在を信じている。

人生色々だ。三〇年生きてきて、俺は何度か『神の手』の存在を感じた時があった。

一つは、飲んだくれの親父が死んだ時。理由はなんと『親父狩り』だ。お袋や俺を散々ぶちのめしてくれた男が、通りすがりのチンピラにその一〇〇倍ぐらい殴られて死んだ。

俺は手を打って笑った。

二つ目は、お袋が笑った事。

お袋は気の弱い女で、いつだって誰かに遠慮していた。実の息子の俺ですら、お袋の本音は聞いた事がない。

でも、笑ってもらいたくて――

俺は散々道化をやった。流行《はや》りの芸人の真似《まね》をして踊ってみたり、歌ってみたり。

お袋はがんだった。三〇代で若かったから進行が馬鹿みたいに早く、あっという間に骨と皮だけになった。

俺は、そんな不幸なお袋の笑顔が見たくて、散々道化をやった。

最後は何をしたか覚えてない。でも、お袋は花が咲いたように笑った。最期は笑って死んでいった。

俺は泣きながら、その時、神はいるんだと思った。

祈りを捧げてる訳じゃない。信仰してる訳じゃない。ましてや感謝してる訳でもない。

でも、存在だけは信じている。そいつは超自然の意思の存在だ。そいつが何を考えているか、虫けらの俺たちには理解できない。だが確実に存在する。俺たちを見守っている。

少年は黙っていて、無垢《むく》な青い瞳でずっと俺を見つめていた。

……君の信仰は素晴らしいね……

「そう大層なもんじゃない」

……兄さんを捜してほしい。

「知らん。神さまのお導きとやらがあれば、会える日もあるかもな」

いつからか、少年は微笑《ほほえ》みを浮かべている。

……それでいいよ。あるがまま。君は君でいてほしい……

「そうするとも」

俺は請け合った。

少年は名残《なごり》惜しそうに言った。

……そろそろ時間だ。行こうと思う……

「また会おう。果てしない旅の終わりに」

躊躇《ためら》う事なくそう返すと、少年はきょとんとした顔をして、それから笑った。

そうだ。最後に見たのは、年相応の笑顔だった。

よくわからんが、俺はあいつを笑わせる事ができたんだ。

いつからか俺は、一寸先も見えない暗がりにいて、怯《おび》える事なく目の前の闇と対峙していた。

　耳の奥で、声が聞こえた。

　人はそれぞれ特性を持っていて、それから脱却する事ができない。ディートハルト・ベッカーの場合、無邪気な特性によって破滅した。

　そして——

　人はどこかへ至ろうとする時、己という個の存在を諦めねばならない。

　——知識を与えよう——

　——知恵を与えよう——

　放埒《ほうらつ》に流れてはならない。常に自制せよ。赤裸々な人間の本能は、我が子に相応《ふさわ》しくない。

　覚えておくがいい。

　愛がもたらす犠牲は、私が最も好むものである。

　己の最大の困難を克服する者は、最も美しい運命に与《あずか》る。

　頭の中に言葉が溢《あふ》れ出ては消えていく。そいつは最後にこう言った。

　あの子には理解できない事柄が多過ぎた。

お前は生き続けよ。

いずれ、わかってくるだろう。

「そうするとも」

これまでだってやってきた事だ。今だってそうしている。難しい事じゃない。

俺は請け合った。

「俺は、いつだって俺でいようと思う」

そして——世界は闇に閉ざされた。

◇◇◇

初めは苦しいだけだった。

薄暗い穴蔵で目覚めた時。俺は子供たちに抱き着かれて眠っていた。手足は勿論《もちろん》、腰回りまでガキがまとわりついている。お陰で寒くはないが暑苦しい事この上ない。

「……なんだ?」

小さく呟《つぶや》くと、俺自身のものである声は酷くか細く、やけに甲高いものに聞こえた。

風邪でも引いたか。身体のあちこちにへばりつき、惰眠を貪るガキ共を引き剝がして喉を擦《さす》っていると、穴蔵の奥の暗がりから、一人の人影が立ち上がった。

「新入り、目が覚めたのかい？　人間はお前しかいないんだ。もう少しガキ共のカイロになってやりな」

「……」

なんだ、こいつ。というのが、この女の第一印象だ。

すらっとして、やたら身長だけはあるが、年の頃は一四～五歳というところか。顔に幼さが残っている。こいつもガキだ。そのガキには返事をせず、俺は黙って現状の把握に努めた。

まず、暗い。お陰で周囲の状況がわからない。次いで臭い。酷い匂いで鼻が馬鹿になってしまいそうだ。そして狭い。奥まった下水道の洞穴を連想した。おそらくだが似たり寄ったりの場所。或《あ》いはそのものか。

身体にまとわりつくガキ共は、皆薄汚れた格好をしている。全員、年の頃は一〇歳前後というところ。

「ここは……」

また甲高い声が出た。まるで俺自身もガキになったみたいで気分が悪い。

喉を擦っていると、さっきのガキ……一際上背のある少女がまた話し掛けてきた。

「寝られないのかい」

忌々《いまいま》しそうに舌打ち一つして、少女は俺に向き直った。

「あたしはアビゲイル。アビーって呼びな。んで、新入り、お前は？」

「俺は……」

名前を言おうとして、俺は少し口ごもる。

――名前が喋《しゃべ》れない。俺は令和の日本人だ。結婚はしてないが、とうに三〇歳は超えていて、勿論《もちろん》、働いている。独り暮らしのしがないサラリーマンだが、それなりに気に入っている。それが……喋れない。話そうとすると、喉が引っ掛かったみたいに言葉に詰まる。

代わりに一つの名前が脳裏に閃《ひらめ》いた。

「……ディ。ディートハルト。皆はディって呼ぶ」

なんてことだ。俺は……そしてまた口を衝《つ》いたのは甲高い声。

俺自身の掌《てのひら》を見ると、その手は薄汚れていて小さく、やけに頼りないガキの手のように見えた。

「…………」

くそったれめ。ディートハルト・ベッカーだ。

鏡に映して見るまでもない。今の俺はディートハルト・ベッカーだ。その事に混乱していると、アビゲイルと名乗った少女が面倒臭そうに歩み寄り、やはり面倒臭そうに俺の頭を撫《な》でた。

「そっか……じゃあ、アタシもディって呼ぶよ。今は寝てな、ディ」

「……」

わからない。何もかもだ。更なる混乱を避ける為《ため》に黙り込んでいると、アビーが悲しそうに言った。

「……わかんないのかい？　無理もないねえ……」

「何を……」

絞り出したのは、やはりガキの声だ。感覚が急速にアジャストして、この声が俺自身のものだと認識できるようになった時、俺自身も、この身体にへばりつくガキと同様に一〇歳前後のガキだという事がわかった。

そして――アビーが言った。

「ディ。お前は捨てられてたんだよ」

暗がりに引き返しながら、アビーは悲しそうにそう言った。

「そうか……」

喉から出る声こそ甲高いが、言葉遣いは俺自身のものだ。

軽い目眩《めまい》と共に、脳裏に情報が湧き出してくる。

目の前の少女は……アビゲイル。

ここらには腐るほどいるガキ共の元締めの一人。ガキ共は『アビー』または『ビー』と呼ぶ。
女王蜂《クイーン・ビー》。
……くそったれめ。なんだっていうんだ。どうしてこうなった。何が起こっている。
目の前の全てが、俺の理解の範疇《はんちゅう》を超えていた。
つまるところ、人生というものは悪《あ》しき冗談の連続だ。
《アスクラピア》の言葉より。
俺は軽く頭を掻《か》いて、小さく溜《た》め息を吐き出した。
ディートハルト・ベッカー。俺という名の少年。

【第一章】子供たち

ガキ共の匂いが身体まで染みついて臭い。乳臭さの中に甘ったるい匂いと独特な獣臭さがある。汗や血、排泄物《はいせつ》。この世界のありとあらゆる汚泥の流れ込むこの下水道がガキ共のねぐら。

「ディ。起きたか?」

暗がりでアビーが立ち上がる気配がして、そろそろ起き出していたガキ共も目を覚ました。

俺の左半分の身体に抱き着いていたのが兎《うさぎ》耳の少女。右半分は猫耳の少女。便宜上、兎耳を『兎娘』。猫耳は『猫娘』と呼ぶ。

正面から乗っかるように馬乗りになり、遠慮なく俺に抱き着いているのがドワーフの少女。年はわからない。だが、見た目の小ささに反し、体つきはがっちりしていて重い。

右足には妙に青みがかった肌をした少女。やけに冷たい。よく見ると、きめ細かい肌が鱗《うろこ》状になっている。こいつは『蜥蜴《とかげ》娘』。

左足には、ちょっとばかり身体のデカい少女。アビーより少し小さい程度だが、頭にある突起物が腰に当たって痛い。他より少し年長で、一二~三歳に見える。こいつは『鬼娘』と呼ぶ事にする。

他にも六～七人いるようだが、あとは知らん。知りたくもない。

「そろそろ行くぞ」

アビーが顎をしゃくる気配がして、その後を続くように下水道のような道を行く。

「危ない。手を繋《つな》いで」

『蜥蜴娘』がそう言って、俺の手を力強く握った。

やけに暗くて見通しが悪い。腐敗した水の匂いに混じって、微《かす》かに水音がする。下水道で間違いないようだ。

蜥蜴娘に手を引かれて、曲がりくねった道を暫《しばら》く歩いた。迷路のような下水道。元の位置に戻れと言われても、俺一人じゃ戻れないだろう。やがて身を切るような寒さと共に、木漏れ日のような光が射《さ》してきて、そこで名残惜しそうに蜥蜴娘が手を離した。

「ありがとう。助かった」

「うんうん。いい。ディには世話になる。これぐらいはいい」

「……なんの事だ?」

やけにデカい下水道だ。トンネル並みにデカい。これがインフラの一つだと仮定すると、割と大きな街にいて、それなりに文明の発達した世界だという事だろうか。

そんな事を考えていると、『鬼娘』が指先で背中を突っついた。

「早く歩け。後がつかえてるんだ」

鬼娘の指先は爪が伸びているのか、背中を突つかれた時に少し痛んだ。

改めて『鬼娘』を見る。ガキだろう俺より頭一つは充分にデカい。身体の肉付きも悪くない。筋肉質。額の右に突起物のような『角』があって、瞳は気が強そうに吊り上がっている。酷く喧嘩《けんか》っ早そうに見えた。

ぶっきらぼうに言った。

「お前は人間だからな。でも暖かいし、少しだけ贔屓《ひいき》してやる」

「そいつはどうも……」

蜥蜴娘と鬼娘は体温の調節が苦手なのかもしれない。漠然とそう考えていると、鬼娘はいかにも腹立たしそうにこう付け加えた。

「でも犬人《ワードッグ》がくれば、お前は用済みだ。あまり調子に乗るんじゃねえぞ」

「……」

むかつくガキだ。出口に辿《たど》り着き、俺たちは吹きすさぶ冷たい風の中、下水道の汚れた道を歩いた。

途中、やけに人懐っこい笑みを浮かべた小人……ドワーフの少女が手を繋いできたのでそのままにさせておく。

『ドワーフ』は身なりこそ俺より小さいが、怒り肩で全体的にがっしりとした身体《からだ》付きをしており、腕力がありそうだ。ぱっちりしたどんぐり目が特徴のガキで、酷く甘ったれているように見える。

寒さに耐えながら、下水道の端にある通路を歩いた。

鼻が馬鹿になっているせいと、やたら吹き付ける風のお陰で匂いはあまり感じない。下水が流れている排水溝の向こうには、こちらと同じように狭い通路があった。

「向こうはフランキーの縄張りだ。絶対に向こうに行くな」

素っ気なく猫娘が言って、鬼娘と同じように俺の背中を突っついた。鬼娘ほどじゃないが、こっちも爪が刺さって結構痛い。『猫娘』は痩せぎすだが妙に姿勢がいい。やや尻を振りながら歩くのと、長い尻尾が特徴。

鬼娘と猫娘は仲がいいようだ。隣り合うようにして歩いている。こういうのは雰囲気でわかる。二人共、俺の事はあまり好かないようだ。……だったら、俺にまとわりつくんじゃねえよ。

全くの勘だが、二人は百合《ゆり》に近い関係なのかもしれない。まあ、見る限り女所帯だ。そういう事もあるだろう。

俺の後ろにもぞろぞろといるが、そいつらの事は知らん。仲良くしたいならそうするが、こっちからそうしたい訳じゃない。特別、話したい訳でもない。無視するならそれでいい。

鬼娘が俺を押し退《の》けるようにして前に行き、先頭を行くアビーに耳打ちするように何かを囁《ささや》いた。

「……駄目だ。まずはゾイに任せる。アシタ、お前の言う事は聞けないね」

「……でも！」

「スイは命に関わる。痩せ過ぎでエヴァは抱き心地が悪いとか抜かしたのは誰だ？　昨夜はよく寝てたじゃないか。新入りの抱き心地はどうだ、アシタ。ええ？」

アビーが揶揄《やゆ》するように言って、『アシタ』と呼ばれた鬼娘は舌打ち交じりに引き下がった。

「どけ！」

鬼娘は俺を突き飛ばし、猫娘の隣に戻った。

……ムカつくな、こいつ……。

表に出す事はしないが、あまりいい気分はしない。

俺は新入りだ。そう呼ばれるうちの喧嘩は避けたい。力を入れてドワーフの少女の手を握り直すと、ドワーフの少女は口元を緩めて俺の手を握り返してきた。

飽きるまで何気なく辺りの観察を繰り返す。

暫く歩き、遠くの壁にかかった縄梯子《ばしご》が見えてきて、アビーが振り返って背後を確認した。

園児の引率も大変そうだ。

悪い奴《やつ》じゃないんだろうが、アビーという少女には、なんとなく冷たい雰囲気が漂う。

明るくなってわかったが、こいつの身なりは他とは違う。薄汚れた布の服はガキ共と同じだが、革製の胸当てのようなものを着ているし、腰のベルトには鞘《さや》の付いた大ぶりのナイフを二本差している。

明らかにリーダー格。このグループの主導権を握るのは『アビー』。女王蜂《クイーン・ビー》。ガキ共の女王陛下。

「……ちゃんと付いてきているね。それから……まだ聞いてなかった。ディ、お前は何ができるんだい？」

「……？　やれと言われればなんでもやるが、そういう事を言っているんじゃないよな……」

「……」

そこでアビーは片方の眉を持ち上げ、顎を擦って考え込むような仕草をしてみせた。

「あんた、まだ教会に行ってないのかい？」

「教会？　教会があるのか？」

「はん……？」

一瞬だけアビーは呆《あき》れたような顔をして、短いがきちんと切り整えられた髪を掻き回した。その髪の間から、ぴょこんと飛び出した獣の耳が見える。細い顎に獣耳。細く鋭い目付き。アビーの顔には『狐《きつね》』の趣がある。

誰もが人間のように二本の足で立ち、二本の手を持っている。それらは俺と似ているが、俺と同じような『人間』じゃあない。

アビーは短く鼻を鳴らした。

「じゃあ、メシを済ませたらその足で教会……いや、一応当たりの可能性があるから、そのへんは確かめとかないと、だね……まずはアダ婆《ばあ》に……」

言葉の後半は、独白に似た小さい声だった。しかし……胡散《うさん》臭い話だ。

アビーが何か考えているのは確かだ。そして、その考えは彼女にとっての都合であり、俺にとっての都合じゃないのはわかる。それを問い詰めようとして——だが。だがしかし、だ。

目の端に映ったそれに、俺の視線は釘《くぎ》付けになった。

「マジかよ……」

思わずそう呟いた俺の視線を追って、アビーが顔に疑問符を貼り付けた。

「どうした、ディ。……ん？　死体だね。あれがどうかしたかい？」

「……」

俺は絶句して言葉もない。だが、驚いた様子のないアビーの顔からして、特別珍しい事じゃないのだろう。

——目の前の下水道に、子供が一人、流されていってる。そいつは少し驚いたような顔をしていて、口は半開きだった。今にも瞬きして、こちらに気づくんじゃないのかなんて考えもしたが……

瞳に光がない。あるのは底なしの暗闇と虚《うつ》ろな眼光だけだ。左胸に血の滲《にじ》んだ染みがあって、そこを一突き。きっと何をされたか考える間もなく死んだのだろう。

死体……しかもガキのそれを見るのは生まれて初めての事だった。

「……！」

喉元に込み上げるものがあり、俺は咄嗟《とっさ》に目を逸《そ》らして何も考えないようにした。

「なんだ、ディ。気分が悪いのか？　ふうん……」

アビーは怪しむような半目で俺を見て、それから満面の笑みを浮かべた。

「……そいつはいいなっ！」

――いい訳ねえよ。糞《くそ》ガキが。

きっと目の前の光景も、元いた世界のどこかじゃあった光景なんだろう。だが、俺は日本人だ。平和な国の人間だ。それがとんでもなく恵まれた事だって事実を突き付けられた瞬間だった。

「なんだ、だらしねえな。……ってこいつ、フランキーのところの奴じゃねえ？」

鬼娘が言って、アビーがまた死体に視線を戻した。納得したように頷いた。

「あー、ああ……なんか、うっすら見覚えある。フランキーの腰巾着だ」

それだけ言って、アビーは興味をなくしたのか、視線を壁に掛かった縄梯子に戻した。

「そいつはいいや。行こうぜ」

――だから、何も良くねえよ。

その言葉と吐き気をなんとか飲み下し、俺は小さく頷いてみせた。

──死んでんのもガキじゃねえか。

同じようにガキのお前らが、なんでもない事みたいに言うんじゃねえ。

勘弁してくれよ……

クソみたいな環境に、クソみたいな状況。これが、今の俺が置かれた現状だった。

後で知る事だが、俗に言う『獣人』たち……猫や狐、兎……蜥蜴はどうか知らん。とにかく、獣人ってのは多産の傾向がある。こいつらは掃いて捨てるほどいるし、実際捨てられる。

アビーが面倒を見ているのは、基本的にはそういう立場の『捨てられた』ガキ共だ。

「一人ずつだぞ」

アビーが言って先に縄梯子を上る。引っ張る度に軋《きし》んだ音がして、その縄梯子が大分くたびれているのがわかる。早いうちに取り替えなければ、いずれ不慮の事故を招くだろう。

胸がムカついてしょうがない。込み上げる吐き気で、今にも吐いてしまいそうだった。

結局、縄梯子を上ったのは俺が最後だった。上がり際、ドワーフの少女が俺の手を引っ張り上げてくれた。やはり見た目以上に腕力がある。

「ディは軽いねえ」

うふふ、と笑う。煤《すす》のような物が付着して、薄汚れた顔だった。

そして印象的なのは、ガキ共の誰もが痒《かゆ》そうに身体のどこかしらを掻いている事だ。下水道に住んでいる事からして、皮膚病の一つも持っているのだろう。下手《へた》すれば何かの感染症になっていてもおかしくない。

「…………」

冷たい風が、幾らかの不快感を押し流していく。風になぶられながら見渡した町並みは、中世ヨーロッパのような石造りの建築だ。それらはきちんと区画整理されていて、規則正しく建ち並んでいる。

「行くぞ。ディ、気持ちはわかるけど、あんまり見るんじゃない」

アビーの言葉に従って、俺は視線を離した。

「あんた、素直だね。いいよ、そういう奴は長生きできる。嫌いじゃない」

そこからは先導するアビーに続いて石畳の道を歩いた。入り組んだ町並み。区画整理されているが、下水道以上に迷路じみている。一人じゃもう帰れない。ドワーフの少女と手を繋ぎ、アビーの姿を見失わないようにして歩いた。

「もう、ディは……。お姉さんがいるから、大丈夫よお！」

「……頼むよ」

今のところ、一番親切に見えるこの『ドワーフ』だけが俺の頼りだった。やがて石造りの町並みを抜け、木の掘っ立て小屋が並ぶバラックに辿り着き、そこでようやくアビーが息を吐いた。

「……皆、いるな。続け」

大変なら仕事を割り振るんだよ。

見た感じ、『鬼娘』と『猫娘』は年長で、他のガキと比べてしっかりしている。この二人を殿《しんがり》に置けば、引率の苦労も幾分楽になるだろうに。これは、ヤバい集団《グループ》だ。まだまだ確認不足だが、リーダーのアビーに責任が集中しているように見える。見た目はそれなりにしているが、そもそもアビー自身も薄汚れたガキと生まれに大差があるように思えない。

……なんとか生き残り、小さな集団のリーダーに伸し上がった。そんなところだろう。

色々と考えを張り巡らしていると、猫娘が近付いてきて、俺の襟足の部分に顔を寄せ、くんくんと鼻を鳴らして匂いを嗅いだ。

「あんた、お香の匂いがするよね。教会から逃げてきたとか？」

お前らが臭いから、そう感じるだけだろう。そう思ったが口に出してはこう言った。

「別に……」

「何さ、お上品に。あんただって捨てられたくせに」

猫娘は、今度は気分悪そうに鼻を鳴らして、それから鬼娘の隣に戻った。

だったら絡むんじゃない。面倒は御免だ。特に言い返す事はせず、アビーの後に続く。

途中、いい匂いのする屋台の並ぶ通りに差し掛かったが、アビーがそこで足を止める事はなかった。

辿り着いたのは、開けた広場のような場所だ。砂場の地面が広がっていて、そこに所々、短い芝のような草が生えている。広場は結構な人だかりだった。

一〇〇人はいるだろうか。それらは規則正しく列を為《な》し、幾つかの行列を作って並んでいる。

行列の先を見ると、その先には水色の服を着た女たちが何人かいて、湯気が立つ大きな鍋を掻き回していた。

不思議に思っていると、アビーが面倒臭そうに言った。

「アスクラピアの修道女《シスタ》だ。つまんねえ奴らだけど、少ないメシの種だ。絶対に揉《も》めるなよ」

修道女……とすると、炊き出しのような事をしているのだろうか。

アビーを含めた俺たちも列に並び、やがて始まる配給を待った。配られているのは、見たこともない雑穀が入った粥《かゆ》のような物がお椀《わん》に一杯。

これがまたまずい。昔、俺が初めて作った適当な男の手料理がご馳走《ちそう》に思えるほどまずい。ガキ共もそう思うのか、全員しかめっ面になって食っている。糞みたいなメシだが栄養価は高いらしい。

その栄養価だけは高いらしいメシをガキ共全員で固まって済ませ、アビーは言った。

「よし。んじゃ、アダ婆のところに行くぞ」

そのアダ婆という奴は知らん。ディートハルトの中にある（かもしれない）記憶にもない名前だ。

「アダ婆って誰だ。婆って言うからには婆《ばばあ》なんだろう。どんな奴だ？」

その質問に答えたのはドワーフの少女だ。

「アダ婆はアダ婆。ゴミみたいな見た目のお婆ちゃんだよ」

見た目の可憐《かれん》さとは正反対の口汚さに辟易《へきえき》した俺は肩を竦《すく》めた。

「そ、そうか……」

短く応え、再び差し出されたドワーフの少女の手を取ってアビーの背中に続く。

また屋台の並んでいる通りを抜け、今度は暗がりの方へ。普段なら入るのを躊躇うような、薄暗く寂しい路地裏の奥へ奥へと進む。

道の端には酔っぱらいか死体か判別の付かない男たちが寝っ転がっている。寝てるのか死んでるのかは知らん。その男たちに交じり、ダボダボの薄汚れたローブを着た婆さんが道端にうずくまるようにして座り込んでいて、アビーはその婆さんに声を掛けた。

「アダ婆、起きろ。アビゲイル……アビーだ」

「…………」

アダ婆は眠っているのか返事はなく、痺《しび》れを切らした鬼娘がアダ婆の脛《すね》を蹴飛ばした。

「起きろ、ババア！　客だぞ！」

「あだっ……！」

脛を蹴られたアダ婆は目を覚まし、そばかすと大きな痘痕《あばた》の浮かんだ顔を持ち上げた。

「クソ、何かと思えばアシタかい。相変わらずのお行儀悪さだね。死ねばいいのに」

「なんだと、糞ババア！」

糞糞とうるさい。このやり取りにうんざりしていると、アビーが鬼娘を押し退けて前に出た。

「アダ婆。観《み》てもらいたい奴がいるんだ。金は払う。観てくれ」

「……ふん」

アダ婆は鬼娘を一瞥《いちべつ》して、それからアビーを睨《にら》み付けるようにして言った。

「一〇〇シープ。一シープもまからないよ。とっとと払いな」

「ああ、わかった」

そう言って、アビーは袖から銅貨を一枚取り出して、アダ婆に手渡した。

「ふぅん……ケチのあんたが値切りもしないで珍しい。今度の新入りは期待の新人ってところかね……」

アビーは気まずそうに舌打ちして、顎をしゃくって合図した。

俺をご指名のようだ。どん、と鬼娘に背中を押されて前に出る。

「…………………」

アダ婆は、ギョロギョロと値踏みするみたいに俺の爪先から頭のてっぺんまでを『観て』

いる。

見透かされるような嫌な目だ。思わず目を逸らすと――

「――小僧、目を合わせろ。逃げるな」

「……」

しょうがなく視線を合わせる。

……しかし、汚い婆さんだ。ガキ共に負けず劣らず汚くて臭い。顔に浮かぶ痘痕からして、妙な病気を持っているのは一目瞭然。俺は一刻も早くこの場から逃げたくなった。

アダ婆が俺と視線を合わせたまま、アビーに言った。

「……一万シープはもらっとこうかね……」

その言葉に、アビーは俺を一瞥して、真剣な表情で頷くと、袖の中から、今度は銀貨を一枚取り出してアダ婆に握らせた。

「…………………」

沈黙の時間が続く。

アダ婆は時折ニヤニヤしながら俺を観ている。人相観の類いだろうが、じろじろ値踏みされていい気はしない。

「……婆さん。病気か？　もう治ってるみたいに見えるが気になる。一度診てもらったらどうだ……？」

なんて事はない。このにらめっこが気まずかったから言っただけだ。だが、俺の言葉はアダ婆を思ってもないほど喜ばせた。

「……じゃあ、お前さんに診てもらおうかね……」

「俺……？　他にちゃんとした奴に診てもらえよ」

「その、ちゃんとした奴ってのは、お前さんさね」

アダ婆がそう言った瞬間、アビーを含めたガキ共全員が喉を鳴らす音が聞こえた。

「まぁ、診とくれよ……」

気味の悪い目付きは変わらず。アダ婆は面白そうに俺を見つめている。俺は……

「……重い病気をやったな。死んでいてもおかしくない病気だ。察するに、もう治っている。驚くべき事だ。その痘痕《とうこん》は全身にあるだろう。痒み……または膿《うみ》や出血の類いはあるか？」

「もうない」

「なら治療はいらん。右目は見えてないだろう。それは手遅れだ。どうにもならん。それ以外には、清潔にして、ちゃんとメシを食え。死相が出ている。それで暫くは大丈夫だ」

「暫くかい……ワシは、あと何年ぐらい生きられる……？」

「よくもって一年だろう」

「……」

その寿命宣告を前に、得体の知れない沈黙が深くなる。

なんだ、これは……頭に浮かんだ言葉を喋っただけだ。俺はなんだって、こんな無責任な事が言えたんだ……

アダ婆は、にっこり笑った。

「……神官。才能はかなりのもんだ。いいとこの坊っちゃん。その年にしては徳を積んでるね。神さまを信じてるだろう。不器用だが温かい。冷たい言い回しは責任感の裏返し。本当のあんたは慈悲深い。……アビー」

アビーは用心深く辺りを見回しながら、真剣な面持ちで頷いた。

「……なんだ？」

「悪いことは言わないよ。この子はアスクラピアの手に委ねるんだね」

「……なんでだ？」

「なんでって、この子はあんたなんかの手に負えないよ。強い運命に引かれてる。きっと──」

その刹那。

アビーは腰のサッシュベルトからナイフを引き抜くと、目の前のアダ婆の胸を突いた。

「なっ──」

女王蜂、アビゲイルが突き放すように言った。

「うるせえよ、ババア。あたしが最初に唾付けたんだ。ディはあたしのもんさ」

「あ、が……」

ナイフで胸を突かれたアダ婆の喉から、ゴロゴロと不気味な音が聞こえた。

「なんて事を……」

もうどうしようもない。俺は医者でもなんでもないが、直感的にそうだとわかった。

ごぼごぼと口から血が溢れ出し、それでもアダ婆は俺から目を逸らさない。呻《うめ》くように言った。

「……これも、運命さ……」

「……」

言葉もなく、俺は首を振った。

その時。頭の中で祝詞《のりと》が聞こえた。


その者、全にして一つ。全にして多に分かたる。

その者、多にして全。全にして永遠にただ一つなり。

アスクラピアの二本の手。

一つは癒し、一つは奪う。

「……つっ！」

間近に響く雷鳴のような酷い頭痛がして、俺はその場にうずくまった。

薄れゆく意識の中で見たものは、アダ婆に何度もナイフを突き立てるアビーの背中。

ゴロゴロと喉を鳴らし、それでも不気味な笑みを浮かべたままのアダ婆。

それから……意外にも心配そうに俺を抱き支える鬼娘の顔だった。


アダ婆が死んだ。

それは間違いない。やったのはアビゲイル。通称アビー。『女王蜂《クィーン・ビー》』だ。


ぶっ倒れた俺は、女王蜂が率いる働き蜂のガキの手で近くの木賃宿《きちんやど》に担ぎ込まれた。

耐え難い頭痛に目を開くと、心配そうに目尻を下げた鬼娘と目が合った。

「ああ、ディ。目を覚ましたのか⁉　良かった。アビー！」

ぼんやりと霞《かす》む視界の中、アビーが俺の顔を覗《のぞ》き込む。

アビーは俺の手を取り、うっとりしたように頰擦りした。

「……ディ、良かった。あんたがあたしたち全員を、この糞溜めから引き上げるんだ。良かった……本当に良かった……あんたが、あたしたちの運命……」

この人殺しめ。俺は、お前らの運命なんて妙なものになりたくない。必ず逃げてやる。

「……ディ、あんたは三日も寝てたんだ。きっと、アスクラピアのお告げがあったんだ。あんな婆でも宣告師は宣告師。最期に祝福してくれたんだね……」

アスクラピアのお告げ？　あれが？

《その者、全にして一つ。全にして多に分かたる》
《その者、多にして全。全にして永遠にただ一つなり》
《アスクラピアの二本の手》
《一つは癒し、一つは奪う》

アビーが優しげに問い掛けてくる。

「アスクラピアのお告げは、ちゃんとあったかい？」

「あった……」

短く応えると、アビーは微笑みを深くして周囲のガキ共を見渡した。

「ディ。その祝詞は、あんただけのものだ。その祝詞を捧げて、毎日、欠かさず祈るんだ。そうすればアスクラピアが全部を教えてくれる。糞ったれの教会になんか行く必要はないさ」

そうだ。俺はアスクラピアの敬虔《けいけん》なる使徒として祈らねばならない。

親愛なる母《アスクラピア》に祈りを捧げ、明日を生きる力を授からねばならない。母《アスクラピア》は慈悲深く、そして嫉妬深い。捧げる祈りが強ければ強いほど、生け贄《にえ》の祭壇に載せる供物の質が高ければ高いほどよい。

――しみったれた女だ。

母《アスクラピア》はケチ臭くて、しみったれている。血の滲むような研鑽《けんさん》を経てなお、全てを捧げてなお、ほんのちょっぴりしか力をくれない。わかってる。全部わかっているんだ。ディートハルト・ベッカー。お前は、そんな女神を嫌って……俺に、運命を全部押し付けていってしまったんだ。

俺の祝詞は不完全だ。途中で止まってしまっている。

きっと、アビーがアダ婆を殺してしまったせいだろう。

アダ婆は最期のその瞬間まで全てを伝えようと頑張ってくれたが、それは叶《かな》わなかった。

アダ婆……見知らぬ汚らしい老婆。

安心するがいい。母はケチ臭くてしみったれていて――復讐《ふくしゅう》が大好きだ。

俺は心の中で祈る。

《アスクラピアの二本の手。一つは癒し、一つは奪う》

何も思い残す必要はない。アダ婆。見知らぬ汚らしい老婆よ。母《アスクラピア》の手に抱かれ、心、安んじて眠れ。痛烈な皮肉と苛烈《かれつ》な復讐は母《アスクラピア》の大好物だ。

いつの日か――女王蜂には、この非道の報いがあるだろう。

俺は祝福の印を切った。

明けて、翌日。薄汚れた木賃宿の一室。大人なら四～五人といったところか。それぐらいは入れる大部屋。ガキ共一〇人ほどがすし詰めになったそこ。

俺は一番上等なベッドの上で、アビーと抱き合うようにして眠っていた。

「アビゲイル……？」

この前、一緒に寝ていた鬼娘やドワーフ、猫娘に兎娘たちは、それぞれ別のベッドで固まって眠っている。アビーの命令だろう。

特別扱いはいいが露骨過ぎる。悪には悪を。善には善を。これも因果の種になるだろう。

身体を起こすと、うっすらとアビーが目を開いた。

「おはよう……ディ。あたしの事は、アビーって呼んでおくれよ……」

馴《な》れ馴れしい。だが……

「ああ、アビー……」

扱いが変わってやりやすくなる。

今の俺は見た目こそ小さいガキだが、中身はいい年のオッサンだ。この集団《グループ》を少しはましなものにしてやれる。……まぁ、実際そうなるかならないかはこのアビーとガキ共次第だが……

その朝、木賃宿の一室では、アビーがビスケットのような携帯食料をガキ共に分け与えていた。

「アビー。今朝は教会の炊き出しには行かないのか？」

「ん……」

振り返ったアビーの顔は、なんだか頬がやつれて見える。忘れていたが……一丁前に殺しをやるような奴でも、本来は大人の保護が必要な年齢だ。

「ちゃんとメシを食わせろ。これっぽっちで力が出るか」

手渡された三枚ほどのビスケットを指差して言うと、アビーはやけに素直に頷いた。

「そうだね。うん、そうしようか」

配給が倍に増え、ガキ共は大喜びだが、アビーは腰のポシェットを逆さまに振って苦笑している。

「これでもうオケラだよ……なんもありゃしない……」

アビーはなけなしの食料を振り絞ったようだ。

ここの宿代と食料分で終わり。そういう事だろう。それでも俺の言う事を聞くというのは、『神官』という立場が非常に優位なものであるという事が想像できる。

「金の当てはあるか？」

「……」

アビーは疲れたように首を振り、じっと俺の顔を見つめた。

「アダ婆にやった金は、どうした？　死人に金はいらんだろう」

「あたしも悪魔じゃない。持たせてやったさ……」

「そうか」

やりたくなかったが、やむを得ずという訳か。

異世界から来た俺にはよくわからないが、アビーが『神官《おれ》』を確保する事に、それだけのリスクを冒す必要があったという事だ。俺は暫く考えて――

「俺がやると言えば、方法はあるか」

その俺の言葉に、アビーはぱっと笑みを浮かべて頷いた。

「アンタがそう言うなら、うん！」

最初から当て込んでいただろう。そうじゃなきゃ、この扱いの良さの説明にはならない。

ガキ共はとっくの昔に食い詰めてる。俺がなんとかできるなら、俺がなんとかするしかない。そして、俺の中のディートハルト・ベッカーは『できる』と言っている。とりあえず――

俺は何ができて、何ができないのか。それを知る事から始めなきゃいけない。

ガキ共を引き連れ、アビーは宿を引き払った。

風に乗って砂の匂い。見上げると、中空に浮かぶ太陽がギラギラと目に痛い。夜は凍《い》てつくほど寒く、日中は灼《や》けつくように暑い。『人間』の俺には過酷な環境だ。アビーに拾われなければ死んでいただろう。個人的な感情は別にして、俺はアビーに恩があった。

「それで、どうすればいい」

アビーは小さく頷いた。

「ヒール屋をするんだ」

そこからのアビーの立てた作戦はこうだ。

俺……ディートハルト・ベッカーには『神官』として『アスクラピア』の力がある。代表的な力は、闇を祓《はら》い、傷を治す癒しの力だ。『レベル』が上がれば他にも色々できるようだが、今は何もわからない。俺の中のディートハルトも答えてくれない。単に癒しの力を使うだけなら、神官の下位職に当たる『癒者』というクラスがあるそうだが、『神官』はその癒者の上位互換に当たるそうだ。

「ディ。アンタの力で一稼ぎするんだ」

「それが金になるのか?」

「ああ。教会で癒しを受けられるならそれが一番だけど、喜捨とかいうクソ高い寄付金を要求されるからね。モグリのヒーラーはクソほどいるし、それに交じって一稼ぎさ」

言葉にすれば簡単だが、果たしてそう簡単に事が運ぶだろうか。

「客はあたしが引っ張る。あとはディ、アンタの出番だ」

そこで鬼娘が衣服の袖を引っ張った。

「できんのかよ?」

「やるさ」

生きる為に何かやらなきゃいけないのは、何もこっちの世界だけの話じゃない。あっちじゃ上手《うま》くやってきたんだ。こっちでも変わりゃしない。

「上手くいけば、あんな下水道とは、おさらばさ」

「そうか」

なら、最低限、住む場所に食い物ぐらいはなんとかしたい。あの場所に留《とど》まるようじゃ、『人間』の俺は、そんなに長くない。

「……」

ふと違和感を覚えて辺りを見回すと、一〇人近いガキ共の視線が俺に集中している。

アビーが言った。

「ディ、これからアンタがNo.2だ」

その地位に価値があるとは到底思えない。でも、なんとかしなきゃ俺もこいつらの仲間入りだ。そんな事は御免被る。

俺は応えず、右手で聖印を切った。――母《アスクラピア》の加護があらんことを。

『神官』のクラスを得た俺は、新入りの立場でありながら、この集団のＮｏ．２に指名された。この人事に関しては俺が伸びてる間に話し合われていたのだろう。年長組に入る猫娘や鬼娘なんかも反対する事はなかった。

それからの俺たちは、先を行くアビーに続いて、石畳の道を街の外れに向かって歩いた。

「どこに行くんだ？」

その俺の問いに答えたのは猫娘だ。

「ダンジョンの入口だよ。冒険者が腐るほどいる。怪我人《けが》が腐るほどいる。商売相手も腐るほどいるっていう訳さ」

「ダンジョンに、冒険者だと……？」

『ダンジョン』に『冒険者』ときた。まるでゲームだ。冗談にしてはでき過ぎている。面白くない。

ステータスが可視化できればなお良かったが、そこまでゲームらしくできてはいない。じっと凝視したり念じてみたりしたができなかった。……そんな事より。

「暑い……」

夜は死ぬほど寒かったが、日中の今は溶け出しそうになるほど暑い。

暫く歩き、やがて見上げるほど高い壁が見えてきた。砂の国『ザールランド』を囲う城壁だ。そこより向こうは広大な砂漠が広がる。その砂漠を越えた場所にはまた別の国家があるようだが、そこまではわからない。ディートハルト・ベッカーの記憶。

「凄《すさ》まじいな……」

城壁の高さは二〇メートルはあるだろうか。ここまで立派な壁は、日本じゃ見たこともない。

感心して見入っていると、鬼娘が胡散臭そうに言った。

「……壁を見るのは初めてか？」

「ああ」

「……故郷はどこだ。今時、純血の人間なんて珍しい。お前はどこから来たんだ」

俺は無意識に言った。

「ニーダーサクソン」

「なんだって？」

ここザールランドが大陸の最も西にある国とするなら、ニーダーサクソンは大陸の最も東の端にある国だ。

鬼娘は複雑な表情で首を傾《かし》げた。

「知らない。聞いた事もないな」

学もないガキならそうだろう。言うまでもないが、ニーダーサクソンからやってきたのはディートハルトだ。俺じゃない。見た目、一〇歳ほどのガキであるディートハルトが、なんだって大陸の端から端に移動したのかなんて、俺にはわからない。ろくな理由じゃない事ぐらいはわかるが、それだけだ。

クソ高い城壁に近付き、その近くに切り立った岩を四角く組み合わせた洞窟の入口が見える。

『震える死者』と呼ばれるダンジョンの入口だ。見張りのような者はいないが、その周囲に冒険者と思《おぼ》しき連中がちらほら見える。いずれも軽装で、どこかしら気にかかる連中だ。言葉にするのは難しいが、警戒すべき何かがあった。

アビーが言った。

「あたしは客を引っ張ってくる。アシタとエヴァ。お前らはディに引っ付いてな。ちゃんと守るんだよ！」

「わ、わかってるよ」

返事をしたアシタは鬼娘。黙って不貞腐れた顔をしてるエヴァは猫娘。この二人は年長組として、多少はアビーに当てにされているようだ。

アビーが一時姿を消し、鬼娘と猫娘に連れられて、俺は大きな石造りの建物が並ぶ狭い路地裏に引っ張り込まれた。

年少のガキ共がどこからか木箱を持ってきて、それに腰掛けるように言われたのでそうする。

一連の流れを見ながら、猫娘の方は気に入らないのか、仏頂面で睨むように俺を見つめている。

「……あんた、蛇は出せるんだろうね……？」

確認するような言い回しには不安の色が見え隠れしている。

「……蛇だって？　ああ、アスクラピアの蛇か……」

俺は少し考える。ディートハルトの記憶では……

――『アスクラピアの蛇』。癒しと復讐の女神『アスクラピア』。聖書では『青ざめた唇の女』と呼ばれ、その本性は『蛇』とされる。癒しの術を使う神官は、その身に例外なく『蛇』を飼っていると云《い》われ、術を行使する際は身体の一部に蛇の紋様が浮かび上がる。猫娘が言っているのは、その『蛇』の事だ。

「ふむ……」

俺は両腕の袖を捲《まく》り、二本の腕を見ながら念じた。

――蛇よ。姿を見せてくれ。

すると、両腕にとぐろを巻くようなどす黒い蛇の紋様が姿を現した。

「これか。問題な、い……」

そこまで言ったところで軽い目眩を感じ、俺はその場に崩れ落ちそうになった。

「ディっ！」

倒れ込みそうになった俺を支えたのはドワーフのガキだ。俺を抱き締めるように支えながら、激しく叫んだ。

「エヴァ！　用もないのに蛇を呼ぶなんて、なんでそんな事をさせるんだ‼」

「ち、違う！　あたしはそんな事しろなんて一言も言ってない！　そいつが勝手にやったんだ‼」

術の行使の際、アスクラピアの蛇は力の代償として術者の意識を喰《く》らうとされる。

「……猫の娘の言う通りだ。俺が不注意だった……」

小さなドワーフの少女の腰に手を回しながら、やんわりと口論を止めると、ドワーフの少女は歯をぎりぎりと噛《か》み鳴らした。

「エヴァ、この事はビーに言わせてもらうから……！」

「だから、あたしは……！」

「……」

それきりドワーフの少女は黙り込んでしまった。見た目は幼いが酷く頑固に見える。俺の背中を擦りながら、猫娘や鬼娘の方を牽制《けんせい》するように睨んでいる。

ドワーフの少女にもたれ掛かり、俺は暫く身体を休めた。その間、ドワーフの少女は、ずっと俺の背中を擦っていてくれた。

どういう思惑があるのかはわからないが、このドワーフの少女だけは妙に親切だ。だから、この時に決めた。

「……なあ、名前をまだ聞いてない……」

「ゾーイ。ゾイでも、ゾーイでも好きに呼んでいいよ……」

ドワーフの少女は、名前をゾーイというようだ。初対面から、ずっとよくしてもらっている。そして集団に属する以上、仲間は要る。

俺は、まずこのゾイを仲間にする事に決めた。贔屓する事に決めた。

心の拠《よ》りどころを作るのはいい事だ。追い詰められた状況では特に。誰を嫌い、誰を好くか。誰を贔屓して、誰を苛《いじ》めるか。誰かを味方にして、誰かを敵にする。それは精神の安定に効果がある。

差し当たって――

俺は、鬼娘と猫娘の二人に損な役回りを押し付ける事にした。

ゴミはゴミ箱に。そういう事だ。

母《アスクラピア》は、こういう因果が大好きだ。きっと、お許しになる。

――私は公正である事を約束しよう。ただし、不偏不党である事は約束しない――

《アスクラピア》の言葉より。

突然――脳裏に『公正』の二文字が浮かんだ。

神官の『戒律』の一つである『公正』だ。力を使う以上、『戒律』は神聖なものだ。破ったからといって命を奪われる事はないが、戒律破りが続き、完全に『破戒』したと見なされれば力を失う羽目になるだろう。

（あと、何があった……？　奉仕と……慈悲……慈愛……無欲……）

『公正』『奉仕』『慈悲』『慈愛』『無欲』。この五つは神官の『五徳』。或いは『五戒』と呼ばれる。これがあるからこそ、『神官』はどのような場面に於《お》いても、その言動が信頼される。

『俺』でも『ディートハルト』でもない。『神官』という立場こそ、アビーは特別視している。

母《アスクラピア》よ。憐《あわ》れみたまえ……今、正に不遇の立場にある我が身を憐れみたまえ。

壁を背もたれにして木箱に腰掛け、目を閉じて祈る。日々の『祈り』が神官を癒し手たらしめる。

母《アスクラピア》はしみったれていて、嫉妬深い。こうして祈りを捧げなければ神力を得られない。

ゾイと鬼猫の三人が大声で何か言い争っているが、音が遠くなる。『祈り』は集中力を高める為にも必要な行為だ。

ややあって——遠慮がちに肩を揺すられ、目を開けると、酷くすまなそうに目尻を下げたゾイと目が合った。

「……来たか」

頷くゾイが身を引くと、二人の冒険者と連れ立つアビーの姿を見すえた。

【第二章】ヒール屋

アビーが初めて連れてきた客は、二人連れの女冒険者だった。

とんがり耳でやたら顔立ちの整った女と、妙に筋肉質でがっちりした体格の女だ。最初の客に女を選んだのはアビーの采配だろう。冒険者というのは、例外なく抜け目なくて気性が荒い。アビーが、同じ女なら、と浅はかに考えたのはすぐに理解できた。

とんがり耳が、尖《とが》った声で言った。

「五〇〇〇シープ。それ以上は払わないわ。上手くいかなきゃ……わかってるわよね？」

「あ、ああ、わかってるって……」

そう答えたアビーは腰が引けている。――ビビっている。

それもそうだろう。とんがり耳は肩に弓。腰のベルトにナイフを何本も差しているし、デカい女は身の丈近い大剣を背負っている。荒事になれば一溜まりもない。

アビーが泣きそうな顔で言った。

「ディ、頼んだよ」

ガキ共に見せるのとは違う表情に、俺は吹き出しそうになった。笑いを噛み殺していると、猫娘の方が酷く殺気立つ気配があったが、この時は何も言わなかった。

俺は小さく頷き、まずは軽く吹っ掛けた。

「まずは五〇〇〇でいい。でも上手くいったら、次は一万払ってほしい」

金の価値はわからないが、足元を見られている事だけはわかる。

「いいわ。使える癒し手なら、それぐらいは払ってやるわよ」

大勢いるガキ共を見回し、とんがり耳がぞんざいに言って、デカい女が前に出た。

「これだ。できるか？」

デカい女が右腕の袖を捲ると、何かの獣に噛み付かれたように並ぶ半円形の穴が開いている。

ひっくり返して見るとやはり同じ傷があり……

「ふむ……何かに噛まれたか？」

「ダイアウルフさ」

「屍狼《ダイアウルフ》か。止血はしてあるな。アビー、水は持ってるか？」

「え？」

アビーは一瞬、キョトンとして、疑問符を張り付けた表情で俺を見た。

「汚い犬に噛まれたんだ。まず、傷を洗わんと駄目だろう」

「あ、え……」

おろおろするアビーの様子に、デカい女が溜め息を吐き出した。

「あたしが持ってる。使ってくれ」

「すまないな」

デカい女から革製の水筒を手渡され、それで傷口を洗う。

「絞るぞ。少し痛む」

「ああ、やりな」

女が歯を食い縛り、俺は女の腕を摑《つか》んで雑巾を絞るみたいに両手で絞り上げた。

「……つっ！」

女が僅かに呻き、腕の傷が出血すると共に、穴状の傷口から短い牙が顔を出し、地面に転がった。

「えらいぞ、よく耐えたな」

「……っ、ガキ、馬鹿にすんなよ……」

今の俺はガキだった。忘れていた。俺は肩を竦めた。

「雑なやり方ですまない。次は痛くないようにする」

デカい女は、なんだか複雑な表情で俺を見下ろしている。目尻を上げたり下げたりして、怒ったような、面映ゆそうな。そんな表情だ。

続いて『蛇』を出す。とんがり耳が俺の腕にとぐろを巻く蛇を見て、目を丸くした。

「ウソ、両腕に蛇？」

傷口をなぞるように触れると、淡いエメラルドグリーンの光が暗い路地裏を照らす。

「……」

デカい女は、妙に安らいだ表情で消えていく傷口を見つめていた。

「……終わった。金はアビーに払ってくれ……」

「モグリなら、とっちめてやろうと思ってたけど、やるじゃないか」

つまらなそうに言いながら、デカい女が腰の袋から銅貨を五枚取り出してアビーに押し付けた。

「あ、ありがとう、ございます……」

アビーが慌てて頭を下げたのを見て、大勢のガキ共もそれに倣う。

その光景に、デカい女は歯を剝《む》き出して凶悪な笑みを浮かべた。

「いいな、お前。ガキの分際で一丁前の口は気に入らないが、妙に慣れてる。どこで身に付けた」

「盗賊に二年間引き回された。それだけだ」

無意識に答えたのはディートハルト・ベッカーだ。俺じゃない。ガキのディートハルトの記憶ではそうなっている。やっぱり、ろくな理由じゃなかった。おどけたように肩を竦めてみせると、デカい女は完治した傷を確かめながら、ぐいっと近付いて俺の顔を覗き込んだ。

「あたしはアレクサンドラ。アレックスって呼ばれてる」

「あぁ、アレックス」

アレックスは瞬きすらせず、ニマニマ笑って俺の顔を見つめている。

この集団のリーダーであるアビーの方は一切見ず、凶悪な笑みを俺だけに向けている。

「何かあったら言いな。面倒を見てやるよ」

「……そいつは怖いな……」

そう言って、俺が虫でも追い払うみたいに手を振ってみせると、アレックスは凶悪な笑みを浮かべたまま背中を向けた。

「また来る」

去り際、とんがり耳が振り返ってウインクした。どうやら、俺は上手くやった。

「毎度あり」

強い目眩を感じ、両足を投げ出すと、慌てたようにアビーとゾイの二人が駆け寄ってくる。

「ディ、よくやった……！」

「……」

額からどっと汗が噴き出して、強い動悸《どうき》がする。俺の少ない神力では今のが限界のようだ。だが……

「アビー。少し休んでだが……あの程度なら、今日中にあと二人はいける。足りるか？」

『俺』と『ディートハルト・ベッカー』の一体化は完全じゃない。

だから──絞り出せ！　ディートハルトの神力にはまだ余裕がある。

「じゅ、充分だよ。あぁ、ディ……本当によくやったよ……！」

「……次は、一万を限度になるべく引き上げろ……」

「わかった。わかったよう！」

アビーは思惑通り上手くいった事に小躍りしながら、またダンジョンの方に駆けていった。


その後、予定通り二人の客を取った。

なるべく軽傷で、なるべく穏やかそうな奴だ。ここらへんの選別はアビーの方が上だ。

俺たちは揉め事を拾う事なく、二万五〇〇〇シープ……銀貨二枚と銅貨五枚の報酬を得た。

アビーはこの顛末《てんまつ》に自信を持ったようで、疲れ果てた俺を横目に満面の笑みを浮かべている。

「ディ、よくやったね。あんたの取り分だよ」

そう言って、アビーはちょっと悲しそうに銀貨を一枚差し出してきたが、それは断った。

「いらん。使い方は任せるから、金はアビーが持っててくれ」

「え？　で、でも……」

過ぎた財は身を滅ぼす。

冒険者にとって銀貨一枚は小金だろうが、アビーやガキ共には大金だ。そもそも俺には『無欲』の戒律がある。

「それより、今日はゆっくり休みたい。安くていいから個室を取ってくれ」

銀貨一枚より安いのだろう。アビーは快く頷いた。

「そうだね。そうだね。うん、あんたはよくやった。それぐらいは任せな」

「……ちゃんとメシも付けてくれよ。あとは……疲れた……もう何もしたくない。身の回りの世話をする奴も付けてくれ……」

「いいさいいさ。それぐらい。ドンと言いな！」

アビーは上機嫌だ。冒険者にとっての小金は、彼女にとっては一財産なのだろう。

「明日はどうだい、ディ。いけるかい？」

「任せてくれ。明日は午前中に五人診る。午後は余裕を見てからだが、三人は診たいと思う。そのつもりでいてくれ」

俺の返答に満足したのだろう。アビーの浮かべた笑みはますます深くなった。腰のポシェットに大事そうに金を突っ込み、ぐるりとガキ共を見回すと、鬼娘が小さく頷いて前に出た。

「んっ……の、乗って……」

木箱の上に座り込み、息を吐く俺の前に、鬼娘がしゃがんで背中に乗るように促してくる。

「……」

ゾイと猫娘が眉間に皺《しわ》を寄せ、とてつもなく嫌そうな顔をしているが、俺はもう疲れ切っていて、こいつらの顔色を窺《うかが》うような余裕はない。

俺だって鬼娘に担がれるのは嫌だが、この際は甘える事にしてその背中に覆い被さった。

しかし……冒険者、か……そんなに儲《もう》かるのだろうか。だとすれば、アビーやガキ共も冒険者になればいいのに。

そうだ。一山幾らの命なら、いっそ灰になるまで燃やし尽くしてしまえばいい。

なんとなく思った。俺はいずれ……ダンジョンに入る事になるんだろう。

【第三章】　安宿にて

しかし……暑い。マジックドランカーの上に、この暑さはかなり堪《こた》える。ガキの身体では尚更だ。俺を背負っていた鬼娘も全身にしっとりと汗をかいていた。

今朝、引き払った安宿に戻った時、ギラギラと目に痛い太陽はオレンジ色になっていた。

個室は素泊まりで銅貨二枚。二〇〇〇シープ。依然、通貨の価値はわからないが、うんと安いんだろう。アビーは俺の要望通り個室を用意してくれた。なお、他のガキ共には大部屋を取ったようだ。

アビーが猫撫で声で言った。

「ディ、夕餉《ゆうげ》は店屋物でいいかい？」

「任せる。なんでも構わないから、量は多めにしてくれ」

「あいよ」

明日も金の当てがあるお陰か、アビーは気前よく頷く。

そんな俺たちのやり取りに猫娘と鬼娘はしかめっ面を向けている。不満が噴き出すのは時間の問題だろう。

俺はアビーの先導で、鬼娘に背負われたまま個室に入った。

隙間風の吹き込むようなボロ部屋だが、一応風呂もあれば暖炉もある。

鬼娘は眉を八の字にして、やけに神妙な表情で俺をベッドに下ろしてくれた。そして、何故かガキ共は全員が部屋まで付いてきた。

ガキ共は初めて見る個室が珍しいようで、目を丸くして見入っている。何せガキだ。放っておけば暴れ出すのは時間の問題だろう。そうなったら堪《たま》らない。

俺は手っ取り早くガキ共を追い払う事にした。

「ここでいい。アビー。あんたはガキ共に付いていてやってくれ」

「えっ？　な、なんでさ」

アビーは俺を見て、実に意外そうな顔をして驚いているが、別に意外でもなんでもない。

「あたしなら、いいんだよ？　この中なら、一番のシャンだろ？　よくしてあげるよ？」

シャンってなんだ。よくしてってなんだ。何を考えている。マセガキが。

「アビーはリーダーだ。あんたが大勢の方に付いていてなくてどうする」

これは結構重要な事だ。特に、鬼娘と猫娘は、アビーの俺の扱いに意見があるように感じる。Ｎｏ.２とはいえ、未《いま》だ新入りの俺の待遇に不服を抱くのは当然の事のように思う。

アビーは後ろに手を組み、背の低い俺に笑いかけてみせた。

「こいつらなら、アシタとエヴァに任せとけばいい。あたしの裁量なんだ。グスッとも言わしゃしないよ」

だから、そういうのがまずいんだ。俺は溜め息交じりに首を振った。

「アビー、俺は休みたい。わかるか？　静かに休みたいんだよ」

そこで俺は、ドワーフの少女に視線を送った。

「ゾイだ。ゾイを付けてくれ」

その途端、にっと笑ったゾイだが、アビーに睨まれて慌てて素知らぬ顔でそっぽを向いた。

「……」

眉を寄せたアビーは、険しい表情で俺とゾイを見比べている。

しきりに唇を舐《な》め回し、何か考えているようだったが、そこで思いもしない横槍《よこやり》があった。

「あ、あたいも手伝う……」

そう言ったのは鬼娘だ。

何が狙いだ。俺と同じように猫娘も驚いたのか、目を剥いて鬼娘の方を見つめている。

「あ、あんたはヘロヘロだし、ち、力仕事もあるだろう。ゾイだけじゃ……」

言葉の後半は自信なさそうに口の中に消えていった。勿論、俺は首を振った。

「お前はいらん。ゾイ一人で充分だ」

「……」

つっけんどんな俺の言葉にムッとして、鬼娘の目付きが鋭くなった。

ゾイは口元の笑みを隠せずにいる。猫娘はいよいよ憎悪を隠しきれなくなったのか俺を睨み付けているし、アビーはアビーで気に入らないらしく、口元に手を当てて考え込んでいる。

「……それと、アビー。あんたには大事な話がある。後で来てくれ。一人でだ」

「……」

俺の言葉に納得した訳じゃないが、とりあえず引き下がる事にしたのか、アビーは小さく頷いて踵《きびす》を返した。

お前らは個室に泊まりたいだけだろう。

ガキと連れ立っていくアビーの背中を見ながら、俺はうんざりして、溜め息を吐き出した。

◇◇◇

個室で、ドワーフの少女ゾイと二人きりになり、辺りは静かになった。

「わぁ……」

ゾイは個室が珍しいのか、あちこち見て回っている。特に気に入ったのが暖炉で、どこからか火搔き棒を引っ張り出して中を搔き回していた。

「夜、暖炉つけていい？」

「ああ、なんでもゾイの好きにしてくれ」

そう言って、くたくたの俺はベッドに身体を投げ出した。

「……ゾイ、俺は疲れてる。すごく疲れてる。少し眠るが風呂には入る。メシも食う。アビーが来たら話をするが、それ以外は全部ゾイに任せる。いいか？」

「いいよお」

ゾイはどこからか引っ張り出してきた薪《まき》を暖炉に投げ込んでご機嫌だ。

小さいが可憐な風貌。

ちょこちょこ動くドワーフの少女。

種族的には土族《ノーム》に次いで信仰心が強く、アスクラピアとの親和性が高い。初対面のうちから親切だった事と無関係じゃないだろう。

固くかび臭いベッドだが、寝転がると全身に吸い付くような気がして——

意識に、眠りの帳《とばり》が落ちる。

今日、一日。たった三人を治しただけで俺の神力は底を突いた。

マジックドランカー。

俗に言う魔法酔いの症状だが、『魔力』でなく『神力』を消費する癒者や神官も同じ症状に陥る。

魔力や神力を使い果たし、昏倒《こんとう》するこの症状を『マジックドランカー』と総称する。

俺が簡単に目を回してしまったのは、まだディートハルトとの一致が上手くいってないからだ。

だが、それも時間を経て馴染んでいくだろう。

完全に一致した時。

俺とディートハルトとは同一人物になる。異世界人にして、アスクラピアの神官、ディートハルト・ベッカーになる。

◇◇◇

疲れ果てたように思っていたが、実際に俺が眠っていた時間は短かった。

薄く目を開けると、窓から射し込む光が藍色になり、ちょこちょこ動くゾイが壁にランタンを掛けている姿が見えた。

「……アビーは、まだか？」

「あっ、起きたあ？　アビーならアシタたちと揉めてるよお？　少し時間が掛かると思うぅ」

「そうか」

特別、驚くに値しない。アビーは古参のガキを蔑《ないがし》ろにしている。揉めない方がどうかしている。

ちょこちょことやってきたゾイの顔は、頬に暖炉の煤が付いて汚れている。

「先に、風呂に入るか……」

漠然と呟くと、何故か妙な間があった。

ピタリと動きを止めたゾイが、すんと鼻を鳴らして固まった。暫くの沈黙の後……

「……いいよ」

なんだ、その間は。セクシャルなものを感じたぞ。

ゾイと二人で風呂場に向かう。

石造りの風呂場には、すのこが敷き詰められてあって、そこに無造作に木の樽《たる》が置かれている。それが浴槽のようだ。蛇口のようなものがない事に困惑していると、ゾイが近くの棚から青い石を一つ取り出して樽の中に投げ込んだ。

石ころが樽の中を跳ね回り、結構な音がした。

なんとなく樽の中を覗き込むと、石からすごい勢いで水が染み出している。

「おお……」

流石《さすが》、ファンタジー。感心していると、そこにゾイがもう一つ、今度は赤い石を投げ込んだ。すると、その赤い石は水の中で熱気を放ち揺らめき始めた。

このように、水を多量に含んだ石を『青石』。熱を閉じ込めた石を『赤石』と呼ぶ。これらはポピュラーな品であり、ゾイが使用している事から見ても珍しい物ではない。どこにでもある物のようだ。

滲み出すディートハルトの記憶を確認している間、何故か緊張しているゾイは、じっと湯船を見つめていた。

ドワーフの少女、ゾイが湯船を見守っている間、俺は寝室に戻って身体を休める事に集中していた。

疲れやすく、回復は早い。ディートハルトにはまだ余裕があるが、俺はそのディートハルトに付いていけてない。この矛盾が俺に休憩を必要としている。

ベッドに寝そべって一五分ぐらいしてからだろうか。

ゾイが戻ってきて、風呂が沸いた事を言った。

「……」

戻ってきたゾイは素っ裸で、幼女のカエル腹にげんなりした俺は眉間を強く揉んだ。

何故、裸なのか。何故、頬を染めているのかは聞かないでおく。

気になるのは、ゾイの身体に所々掻きむしったような傷が散見している事だ。

「ゾイ、来るんだ」

「うん……」

よく診る。腕、足、腹、太腿《ふともも》。陰部にも掻きむしった形跡がある。

まあ、汚いガキだ。皮膚病の一つや二つ持っているだろう。これはおそらくゾイだけじゃなくて、他のガキ共にも同じ事が言える。面倒な事この上ないが、これは伝染《うつ》る病気だ。

俺はとりあえず浴室に向かい、備え付けの備品の中から手拭いを取り、湯桶《ゆおけ》に沸いたばかりのお湯を張ってゾイの元に戻った。

それでとりあえず、ゾイの全身を清拭《せいしき》する。

「少ししみるぞ」

「……」

ゾイは黙って頷いた。

そして幼い身体を拭き上げる間、ゾイは一切言葉を漏らさなかった。自ら掻きむしっただろう傷は思いの外深く、瘡蓋《かさぶた》が破れて微量の出血があったが、それでもゾイは黙っていた。

子供だが、痛みに耐性がある。

「……」

俺は……雑な大人だが、これでも現代日本人の常識ぐらいは備えているつもりだ。皮膚病や痛みに耐性のある子供には憐れみしか感じない。

「着ていた服は風呂場の湯で洗え。清潔にするんだ。そのまま着るな」

ゾイは短い沈黙を挟み、静かに頷いた。

「………はい」

ゾイの小さな身体を清拭するのに、湯桶の湯を三回汲《く》み直さなければならなかった。

面倒臭かったのでゾイにやらせたかったが、何故か目に涙を浮かべて落ち込んでいるゾイを見ると、それは少しばかり酷なような気がしたので俺がやった。

暖炉では、ぱちぱちと音を立てて薪が燃えている。隙間風が吹き込むようなボロ部屋だが、それなりに暖かい。不潔で寒い下水道よりは一億倍ぐらいマシだろう。

満足いくまでゾイの身体を拭き上げた後、俺は人差し指と中指を唾液で湿らせ、ゾイの額に聖印を書き込んだ。

「祝福を与える」

すると、ぱっとエメラルドグリーンの光が散ってゾイの身体を包み込んだ。

「わっ……！」

ゾイは少し驚いて、それから自身の身体を見渡した。

別に傷が塞がった訳じゃない。痒みを止めただけだ。神力が不足している今はこれが限界。

「……とにかく清潔にするんだ。痒みがぶり返すようなら言え。それぐらいなら、なんとでもなる」

現状ではこれが精いっぱいだ。生活を支える為に俺はまず金を稼がねばならない。少ない神力の使い途は既に決まっている。痒みを止め、原因を除く事で皮膚病自体の治癒はゾイに任せる。

「……」

ゾイは目に涙を浮かべたままだ。何を考えているのかはわからない。興味もない。

俺は浴室に向かい、裸のゾイもその後に付いてきた。

俺も衣服を脱ぐ。あばらの浮いたガキの身体。今のところ、病気や怪我のような不備はない。大事にしなければ、いずれガキ共をとやかく言えなくなるだろう。

まずはゾイと並んで掛け湯をして、二人で一緒に湯船に入った。

「しみるが我慢しろ」

「うん……」

短く頷いたゾイは、何故か俺の足の上に座っている。

周りを見渡すが、石鹸《せっけん》や洗剤の類いは見当たらない。やむを得ず湯船で汗を流すだけに留め、外に出て頭を洗うとゾイもそれに倣った。

最後にもう一度湯船で身体を暖め、残り湯で俺とゾイの服を洗った。

固く絞り、水気を切った服は暖炉の前に椅子を置いて干した。

くそったれの安宿にはローブのような着替えらしいものはなく、やむを得ず裸のゾイにタオルを巻き付けてベッドに同衾《どうきん》した。

この辺は馬鹿みたいに冷える。薄っぺらい毛布に俺一人寝ていたら凍死する可能性がある。

砂漠型の気候だろうか。ゾイや亜人のガキはともかく、『人間』の俺にはかなり堪える。

まずはこれをなんとかしなければ俺も長くないだろう。

そこまで考えた時、静かに扉を叩《たた》くノック音が響いた。

アビーだろう。俺は無視する気満々だったが、ゾイはそうもいかないようで、だるそうに身体を起こした後、名残惜しそうに俺を一瞥して、タオルを身体に巻き付けたままの格好で扉の方に歩いていった。

薄っぺらい毛布を腰に巻き付け、俺も身体を起こしてアビーを待った。

アビーはタオル一枚のゾイに、なんの興味もないようだった。

「ディは、まだ起きてるかい？」

「……うん。起きてるけど、すごく疲れてる……」

短い廊下を抜け、寝室にやってきたアビーは、身体に毛布を巻き付けただけの俺の格好に顔をしかめたものの、特に言及する事はなかった。

「遅い」

短く責めると、アビーはあからさまに苦虫を嚙み潰したように眉間に皺を寄せた。

「ご、ごめんよ。アシタたちとちょっとあってね。ほら、食いもんだ。……ゾイ、あんたも食いな」

そう言ってアビーが差し出したのは、バケットのような固そうなパンに肉や野菜を挟んだサンドイッチだ。量だけは多くしろと言ってあったので、それが六つある。

ゾイがコップに水を汲んで持ってきたので、それでサンドイッチを腹に詰め込んでいる間、アビーは暖炉の前に干した衣服を見て溜め息を吐き出した。

「……で、話って？」

「鬼と猫の娘の事だ」

「アシタとエヴァか。あの子らがどうかしたのかい？」

「どうもこうもあるか。あいつらには、もっと仕事をさせろ。見た感じ、アビー。あんたは仕事が多過ぎる」

　と言ったところで普段は何をやっているかわからないが、ガキ共の生活がアビー一人の肩に掛かっている事は間違いないだろう。

「……」

　俺の指摘は正しかったのか、アビーは目尻を下げ、なんとも言えない複雑な表情になった。

「見たところ、あんたは半端に甘いところがある。まずチビ共の面倒はあの二人に押し付けろ。できなきゃ無能と責め立ててやれ」

「………」

　ガキ共の中では最年長かもしれないが、アビーもまだまだガキの年齢だ。気負うところもあるだろう。だが、リーダーにだけ責任がのし掛かる集団は、あまり長くは続かない。

「……そりゃ、あたしに対する命令かい、ディ」

「違う。あんたが潰れるところは見たくない。それだけだ」

　固い表情で俺を見ていたアビーだったが、そこで表情を少し緩めた。

俺は適当に考えを話しながらサンドイッチを三つ腹に詰め込み、残りの半分はゾイに押し付けた。

「……」

その様子にアビーはまた顔をしかめ、驚いた表情のゾイは俺と不機嫌そうなアビーを見比べた後、思い出したようにサンドイッチを口の中に詰め込んだ。

「とにかく……」

俺は改めて言った。

「アビー、俺はあんたの部下だ。あんたの望み通り、しっかり金は稼いでやるが、それ以外はあんたの仕事で、あんたの権利、あんたの義務だ。わかってるか？」

「……っ、あぁ。言われるまでもない。その通りさ」

「だとしたら、だ。つまらん事はあの二人に押し付けろ。無理ならできるヤツにやらせりゃいいんだ」

「……そうだね。わかったよ……」

おそらくだが……目端が利き、勘が働いて頭の回るガキと、それに付いていく運のいいガキが生き残れるような場所だ。俺は一人が性に合ってるし、こんな見るに堪えないガキ共の面倒を見るのは御免だ。

「俺は金さえ稼げば、あんたは文句ないだろう。とにかく、あの二人には仕事をさせろ。

なんならＮｏ．２も降りる。どっちかにやらせりゃ、少しはやる気を出すだろう」

適当に言ったつもりだが、この言葉にアビーは激しく反応した。

「駄目だ！　ディ、あんたがＮｏ．２をやるんだ！　あんたの上には、あたししかいない！」

なんだってそこに固執するのかはわからない。俺は俺だ。ガキにもアビーにも興味はない。

俺は答えなかった。

「……」

沈黙で答える俺を持て余したように、アビーは何度も唇を舐めた。それは言葉を選んでいるようにも見えたし、深く考え込んでいるようにも見える。

「ディ……あんたは才能があるし、頭もいい。あたしには……いや、あたしたちには、あんたの力が必要なんだ……」

それは事実上の降伏宣言に聞こえる。

この過酷な環境で生き残り、小さいとはいえ集団のリーダーにまでなったアビーだが、重荷に耐え兼ねているように聞こえる。

俺は……俺は、小さいガキのなりをしているが、中身はいい年の男だ。食い詰めたガキに掛ける『慈悲』ぐらいは持ち合わせている……つもりだ。

「……わかった。あんたの意思に従おう……」

迷いながらも頷いてみせると、アビーは少しホッとしたようだった。短く溜め息をつき、俺の横でゾイもまた安堵《あんど》の息を吐く。

俺は言った。

「言っとくが、俺は偉そうだぞ。この口振りは変えるつもりがないからな」

この言葉には、アビーとゾイの二人が揃《そろ》って吹き出した。

「そりゃもう、知ってるさ」

この集団を支える為に、俺がやらなきゃいけない事はクソほどある。

……母《アスクラピア》よ、憐れみたまえ……俺は天を仰ぎ、不遇を託《かこ》つ我が身を嘆いた。

◇◇◇

翌日、俺は朝早くに目を覚ました。

ゾイはよく眠っており、薄っぺらい毛布を捲って身体を確認すると、瘡蓋があった場所に早くも薄皮が張っていて驚愕《きょうがく》した。

亜人の治癒力……これは、正に超人だ。人間の俺とは比較にならない回復力だ。勿論、生命力もそれに比例するだろう。おそらく、この生命力の差こそがアビーや鬼娘が妙に俺に目を掛ける理由の一つなのだろう。

つまり――ディートハルト・ベッカーという『人間』は弱く、死にやすい。

暖炉では消えかけた薪が鈍い光を放ってくすぶっていた。

生乾きの服はすこぶる着心地が悪かったが、そこは我慢して着る。

金が必要だ。食い物、住む場所、替えの衣類。今の俺たちには全てが不足している。

俺は小さく欠伸《あくび》して、冷たい床に胡座《あぐら》の格好で座り込む。

《その者、全にして一つ。全にして多に分かたる》

そして瞳を閉じ、瞑想《めいそう》するのだ。静かに祈りを捧げ、母《アスクラピア》の助力を願う。

アスクラピアの神官は気が遠くなるような長期の祈りと術の研鑽を経て一人前になっていく。


朝になり、アビーたちと合流すると、鬼娘アシタと猫娘エヴァの顔はパンダみたいに目の周りに青タンができていた。アビーがやったんだろう。

鬼娘と猫娘は揃って俺を睨み付け、続けて俺の隣に佇《たたず》むゾイを見て目を剝いた。

鬼娘が羨ましそうに言った。

「ゾイ、風呂に入ったのか？　服も綺麗《きれい》になってる……」

「……」

ゾイは嫌そうに鬼娘を見て、俺の手を、きゅっと握った。

その様子に鬼娘は腹が立ったのか、早速俺に嚙み付いた。

「ディ、ず、ずるいぞ。お前たちだけが、なんで！　ビーだってあたいたちと大部屋にいて、あそこには風呂なんてないのに!!」

その問いに答えたのはアビーだ。

「そりゃ役得さ。言っただろう？　ディには静かに祈りを捧げる場所が必要なんだ。ディはゾイを選んだ。ゾイはディに尽くしてる」

「それぐらいなら……！」

そこまで言って、鬼娘はぐっと息を飲むように言葉を飲み込んだ。

どうでもいい。俺はアビーに言った。

「メシはもう食ったのか？」

「いいや？　あんたが起きるのを待ってたんだ」

「そうか。それは悪い事をした。次から放っておいてくれ」

「ディ、あんたは虎の子なんだよ。そうはいかないね」

その言葉に、俺は肩を竦めた。

「で……今朝はまた教会の炊き出しに行くのか？」

アビーは厳しい表情で首を振った。

「まさかね。二度とあんな奴らの世話になんかならないよ」

「……」

そのアビーの言葉には、酷い違和感があった。食い詰めたガキの親玉のセリフじゃない。明確な理由があると思うべきだ。おそらくだが、俺が『神官』である事と無縁じゃないだろう。

◇◇◇

その後は宿を引き払い、近くの屋台で軽めの食事を取った。

白く濁ったスープの中は肉団子や水とんのような具がごちゃごちゃ入っている。いかにもまずそうだが、教会がやっていた炊き出しのゴミのような嫌な匂いはしなかった。

俺はまず、今朝の食事にありつけた事をアスクラピアに感謝し、聖印を切った後は目を閉じて静かに祈った。

「……」

そんな俺に構わず、周りからガチャガチャと食器がぶつかる音がして、目を閉じていてもガキ共が食事に手をつけた事が手に取るようにわかった。

「……」

俺が黙想を始めて僅か三〇秒ほどの事だ。

ガキの一人が、突然悲鳴を上げた。

「……やかましいぞ。どうした」

目を開くと、ガキの一人が手の甲から血を流して泣いており、そのガキをアビーが厳しい表情で睨み付けている。

「誰がそんな事をしろって言ったんだ。ふざけんじゃないよ」

どうやら、アビーがガキの手にフォークを突き立てたようだ。

「……朝はなるべく静かにしてくれ。頼むよ……」

黙想を邪魔され、小さく溜め息を吐き出すと、アビーはばつが悪そうな顔をして目尻を下げた。

「ご、ごめんよ、ディ。この馬鹿が、あんたの食事を取ろうとしたんだ……」

「……腹が減ってるんだろう。半分分けてやれ。あと、怪我をさせるんじゃない」

「何を言ってんだ。ちゃんと食わないと、力が出ないってごねたのはあんたじゃないか」

「その程度の事で腹を立てるなと言ってるんだ。口で言えば済む話だろう」

「……」

アビーは、そっぽを向いて黙り込んだ。意見を変えるつもりはないようだった。

「……アビー。寛容になるという事は……」

俺は説教をしかけて、やめた。どうにも面倒に感じたからだ。

そのやり方が、あんたの命を縮めない事を祈るよ。内心でそう思うだけに留め、血を流して泣くガキにメシを半分分けてやろうとしたが、ガキが泣きながら謝るので、まあ遠慮なく全部食べた。

怪我は治さない。神力の使い途《みち》は決まっているし、亜人の治癒力は驚異的だ。人間《おれ》ならそうはいかんが、亜人の場合は放っておいてもすぐ治る。アビーの躾《しつけ》が少しばかり強過ぎただけと思う事にした。

食事を済ませ、屋台を出た俺たちは昨日と同じように暗い路地裏を抜け、ダンジョンの方へ向かった。

途中、露店の並ぶ通りに出たところで、俺はアビーに香木をねだった。

「……ああ、お香の染みたやつだね。いいよ。安いし。すぐ買ったげるよ」

アスクラピアの教会でよく使うやつだ。欲しがったのは俺じゃない。俺の中のディートハルトだ。

アビーはポシェットの中からびた銭と呼ばれる色付きの石を取り出して、猫娘に買ってくるように言い付けた。

「……なんであたしが！」

まぁ、猫娘ならそう言うだろう。

ハッとしたゾイが手を上げて名乗り出ようとしたが、それを押し退けて鬼娘が言った。

「じゃあ、あたいが買ってくるよ」

なんだ、コイツ。というのが俺の感想だ。俺には鬼娘の考えが全然わからない。反発したかと思えば、妙に気を遣う素振りを見せる時もある。俺をはっきりと嫌っている猫娘の方が、まだしも好感が持てる。

俺は、そういう中途半端なヤツが嫌いだった。

人には嗜好品《しこう》がある。ディートハルト・ベッカーの場合はこの香木だ。『伽羅《きやら》』と呼ばれる品で、独特の薬液を染み込ませてある。

俺は、その伽羅をアビーにナイフで小さく削ってもらい、小さな破片を口の中に放り込んだ。

「…………」

僅かな甘味がして、ハッカのような匂いが鼻腔《びこう》を突き抜けていく。

「ふむ……悪くない……」

これも一致というやつだろうか。そう考えていると、ゾイが物欲しそうにしていたので、同じぐらいの破片を口の中に入れてやった。

「口に含むだけだ。食うなよ」

ゾイは口の中でもごもごして、よくわからないが、納得したように頷いた。

「ちょっと甘い。ディの匂いがするね……」

鬼娘も欲しそうにしていたが、そっちは無視した。

ゴミはゴミ箱に。そういう事だ。

【第四章】冒険者たち

この日のアビーは上手くやった。

俺は昼までに五人の怪我人を診て、報酬として銀貨五枚を手に入れた。この時点で昨日の倍の稼ぎを得た事になる。これは簡単そうに見えて簡単じゃない。アビーには交渉の才能があるようだ。

そして大量の神力を使い、また目を回した俺だったが、俺の中のディートハルトはまだいけると言っている。

「……アビー、予定通りだ。暫く休んで、午後から三人診る。いけるか……？」

アビーは銀貨五枚の儲けに頬を緩ませながらも、心配そうに俺の顔を覗き込んでくる。

「あぁ、ディ……今日はもう充分だよ。あんたはよくやった。もう休みな……」

「いや。あのクソ宿より、もっといい部屋で休みたい。あと三人だ。俺の事を思うなら、今夜の宿の心配をしてくれ」

俺はゾイを贔屓しているが、この状況が続くのはゾイにいい影響を与えると思わない。鬼娘や猫娘も風呂に入れてやるべきだし、小さいガキ共には腹いっぱい食わせてやりたい。

無論、金の為だけじゃない。神力を絞り出し、俺自身の限界値を上げなければ、いつまで経《た》ってもディートハルトに追い付けない。神官『ディートハルト・ベッカー』にはなれない。

「ディ……」

アビーは心配そうに目尻を下げ、ひたすら俺を気遣う様子だった。

ぐったりとした俺を引き連れ、アビーは路地裏の更に奥まった場所に移動した。

人目を避けた袋小路。アビーは手際よくガキ共に命令して木箱を並べ、その上に布を敷いた簡易ベッドを作ってくれたので、午前中は、そこで休んだ。

何故、そうするのかはわからなかったが、俺が休んでいる間、アビーや鬼娘は気を張っていて、ずっと周囲を見張っていた。

神力を回復させ、限界ぎりぎりまで術を行使して俺は俺自身の限界値を引き上げる。

俺はこの日もヘロヘロで、二人ほどに術を行使した時にはゾイが泣いていたし、アビーはしきりに中断を訴えた。

「……いや、まだだ。俺たちには何もかもが不足している。もっと……金は幾らあっても足りんぐらいだろう……」

疲れに滲む視界を擦る。気がつくと泣き腫らした目のゾイが腰にへばりつくみたいにして、俺の身体を支えていた。

そしてこの日の最後の客はアレックスだった。

「……あんたか」

筋肉質のデカい女。勿論、普通の人間じゃない。何か混じってる。一つは鬼《オーガ》。もう一つは……わからない。アレックスは昨日と同じ凶悪な笑みを浮かべていて、その笑顔にアビーは完全にビビっている。

それでもアビーは言った。

「わ、悪いね。今日はもう店じまいなんだ。明日に――」

そのアビーを遮って、アレックスは言った。

「よう。ディ、だっけ？　今日も頼めるかい？」

「そうだな……疲れてる。傷の具合によるな……」

「なあに、今日は小さい傷さ。そいつをアンタに診てほしいんだ」

「……わかった。まずは見せてくれ……」

俺は疲れ切っていて、今にもぶっ倒れてしまいそうだったが、神力の限界値を引き上げる為にはこれぐらいの無理が必要だった。

「よし。んじゃ、アネット。来な」

アレックスに呼ばれて、その背後から顔を出したのは、昨日一緒だったとんがり耳の女だ。

「……？」

俺はとんがり耳を『診て』、首を振った。

「……元気そうだ。怪我をしているように見えない……からかっているのなら帰ってくれ……」

答えたのはアレックスだ。

「まぁ、待てって」

アネットと呼ばれたとんがり耳は、俺の前まで来て膝を屈《かが》め、レギンスの裾を捲ってふくらはぎの辺りを見せた。

「……何もない。怪我をした痕はあるが、既に治っている。特に問題ない……」

アレックスはニヤニヤ笑っている。一切笑顔を崩さないのが却《かえ》って不気味だった。

「そりゃ、わかってるって。だからさ、その傷痕を消してほしいんだよ」

俺は鼻を鳴らした。

「……それなら簡単だ。だが、相場通り銀貨一枚。まからんぞ……」

その俺の言葉に、アレックスとアネットの二人は一瞬たじろいだように見えた。

「へぇ……簡単ときたか」

「ふん……馬鹿にするな。そんなもの、そこら辺のモグリでも充分やれるだろう……」

「じゃあ、やっとくれよ。金なら、ちゃんと払うからさ」

既に塞がっている傷だ。神力の消費は少なくて済む。俺は安心して、今にも目が潰れてしまいそうだった。

「眠い……痺れ薬は持っているか？」

それに答えたのはアネットだ。

「あ、うん。えと……盗賊《シーフ》とか弓使いが罠《わな》に使うやつだよね？」

「……全然違うが、まぁいい。それでいこう……」

アネットから緑色の薬が入った小瓶を受け取り、眠気に潰れそうな目で確認する。

「使えんとは言わんが……毒性が強過ぎる。アビー、水と針を持ってこい」

「えっ、水と針？　水はあるけど、針は……」

「ならナイフでいい。なるべく尖ってて、細いやつならなおいい」

「……これでいい？」

小さいナイフを差し出したのはアネットだ。

「……貸してくれ」

眠気に霞む目を凝らして見ると、よく研がれてあった。

投げ刀子《とうす》というやつだ。

それを水でよく洗い流し、薬液は少量別に取って一〇倍ほどに希釈する。局所に使うなら、そんなもんだろう。

「よし、足を出せ」

「ちょ、待ってよ。切るの？」

アネットのふくらはぎの傷痕は昔のもので既に完治しており、機能的には問題ないが、傷痕自体はこぶのようになって小さく膨らんでいる。

アレックスもアネットも何も言わないが、そのこぶを取ってほしいのだろう。

「……こぶを取ってほしいんだろう？　違うのか？」

「いや、そうだけどさ……」

「なら口答えするな。さっさと足を出せ。俺は眠くてしょうがないんだ」

「……」

本当なら針が良かったが、ナイフしかない。やむを得ずナイフの先に希釈した薬液をつけ、こぶとその周囲を少しずつ、ちくちくとやる。

「……痛いか？」

「いや、全然。刺さってないよね、それ」

「俺は神官だ。治す奴だ。痛くしてどうするんだ。そんなヤブがどこにいる」

俺は、ちくちくとやり続ける。暫くして、アネットが首を傾げた。

「なんか、感覚がなくなってきたんだけど……」

「そうか。なら頃合いだな」

説明するのも面倒だ。俺は、アネットのふくらはぎのこぶに切れ目を入れた。

すると傷口から黒い血が溢れ出し、続いてどろりとした白い塊が顔を出したので、そいつをナイフの先端に引っ掛けて抜き取る。

「……痛みは……ないようだな……」

「う、うん。痛くはないよ……でも、な、何、それ……あたしの身体から出てきたそれ、なんなの……」

一部始終を見ていたアネットが、怯えたように息を飲む音が聞こえた。

「悪い癒者に診てもらっただろう。傷口に異物が入ってたんだ。そいつが腫瘍化してる。まぁ、見たとこ、良性で問題なさそうだが、下手したら悪さしたかもな」

「悪さって……どうなるの？」

「将来的には、血中で細かくなって結晶化する。影響が出たのが関節なら、そこが痛んで動きが鈍くなる。内臓ならがん化するかもな」

「ガン？」

意識が混濁しているせいか、今の俺は適度にディートハルトと混ざっている。だが、そんな事とは関係なく、俺は眠くて眠くて堪らない。

「説明するのも面倒だ。知らないままでいてくれ。そのままの馬鹿なあんたが大好きだ」

あとは開いた傷を術で消しておしまいだ。傷自体は小さいから、とても楽な仕事だった。

「……終わった。もういい」

俺は限界だった。視界がどろどろに歪《ゆが》み、何もかもが遠くに聞こえる。

「帰れ。今日は店じまいだ」

ゾイにもたれ掛かった格好で、昨日したのと同じように手を振って筋肉ダルマととんがり耳に消えるように促した。

「……」

だが、筋肉ダルマととんがり耳には帰る気配がない。恐ろしく真剣な顔付きでアビーを睨み付けている。

「……、…………！」

「………」

大声でアビーと何か話し始めたが、その声が酷く遠い。聞き取れない。

アレックスとアネットはクソ真面目な顔をして、そのうちアビーを恫喝《どうかつ》するみたいにして何かしらの交渉を始めた。

「……！」

アビーは殆《ほとん》ど泣きっ面で、何か言い返しながら、ちらちらと俺に視線を送ってくる。

どうやら助け船がいるようだ。俺は肩を竦めて言った。

「……冒険者ってのは、チンピラヤクザと変わらんな……」

治療は上手くいったが、何故かアビーを脅しているようだ。俺は鼻を鳴らした。

「礼に倣わざるは卑賤《ひせん》の輩《やから》。金はいらんから失《う》せろ。二度と来るな」

眠くて眠くてしょうがない。とんがり耳が激しく首を振って何か否定しているが、意識が遠くなってきた。何も聞こえない。そして、当然興味もない。

当為《ソルレン》がない。母《アスクラピア》は大切な事だと言っている。

今日はこのへんにしておこう。俺は心の赴くままに言った。

「この痴《し》れ者が。言い訳は全て卑劣と知れ」

筋肉ダルマは、困ったものを見るように眉を八の字に下げて俺を見つめている。

「……去《い》ね。無頼《ぶらい》の輩。母《アスクラピア》は何より無頼を嫌う……」

面倒を掛けるんじゃない。意識に、眠りの帳が落ちる。

◇◇◇

明けて朝。藍色の光に瞼《まぶた》を撫でられ、うっすら目を開けると酷い頭痛がした。

暖炉では薪が燃えていて、部屋は充分に暖かい。ベッドのシーツは真っ白で上等。身体に掛けられた毛布も心地よく、アビーがいい部屋を取ってくれた事が実感できた。

「……昨日は無茶が過ぎたか……」

完全に神力を使い果たし、伸びていた。魔法酔い《マジックドランカー》が抜けてない。身体の調子は七割というところだ。

頭がクラクラする。

「……ゾイ、起きてくれ。腹が減った。あと風呂に……」

そこまで言って、俺は黙り込んだ。隣で眠っているのはドワーフのゾイじゃなく、とんがり耳のアネットだったからだ。

反射的に俺は叫んだ。

「アビー！　アビー!!　近くにいるなら来い！」

何が起きているか、さっぱりわからない。ゾイがいない理由も、代わりにとんがり耳がいる理由も、さっぱりわからない。

ひたすら困惑していると、アビーと鬼娘がドアを蹴破るようにして部屋に突入してきた。

「ディ！　無事かい⁉」

俺は状況が飲み込めず、とりあえず喚《わめ》き散らした。

「なんなんだ、この女は！　クソっ、伽羅を持ってこい!!」

その大声で、とんがり耳が目を覚ました。

「ちょ、待っ……」

俺は怒り心頭で叫んだ。

「失せろ、この売女《ばいた》が！　俺がお前に身の回りの世話を頼んだか⁉　アビー！　ああアビー!!　返答次第ではお前でも赦《ゆる》さんぞ!!」

喚き散らしながら、俺はなんだってこんなに腹が立つのか自分でも理解できなかった。怒りが収まらない。その俺の前に、アビーが項垂《うなだ》れるようにして膝をついた。

「あぁ〜、ディ、ごめんよう！　あんたを怒らせるつもりはこれっぽっちもなかったんだ。でも、しょうがなかったんだよぅ……！」

アビーの目の下には、うっすら紫の隈《くま》が張っていて、憔悴の色が浮かんでいる。

「ディ、ディ……！　落ち着け、な……？」

何故かいる鬼娘が取り成すように、俺とアビーの間に割り込む。

俺は益々《ますます》頭に血が上った。

「なんだ貴様は！　図々しい！　俺がいつ貴様を呼んだ!!　身の回りはゾイに一任していた筈《はず》だぞ！　アビー！　答えろ!!」

激怒したディートハルト・ベッカーが俺の中で怒鳴り散らすのだ。

不潔。汚い。知らない女。意に沿わぬ相手。知らない部屋。一つだって許した覚えはない。全てが気に障る。

母《アスクラピア》は、いつだって死を思わせる静寂が大好きだ。

アビーは殆ど土下座する勢いで頭を下げた。

「あぁ〜、ごめん。ごめんよぅ、ディ。どうかどうか、怒りを収めておくれ。この通りだよぅ。『雷鳴』だけは勘弁しておくれよぅ……」

「……雷鳴？」

そこで、俺はぼんやりと理解した。

この状況に腹を立てているのはディートハルトだ。なりたての俺と違って、奴は神官として殆ど完成している。

暫くして知る事だが……

アスクラピアの神官は大抵が保守的で、急激な日常の変化を嫌う。意味のない変化もそうだが、早朝の変化に至っては正に地雷だ。多くの神官が早朝に瞑想や黙想のような『行』を積む為だ。ディートハルトも例に漏れず、早朝は過剰に反応する。

まぁ、これ以外にも理由は色々とあるだろうが、神官が発する深刻な怒りから来る怒号を『雷鳴』と呼ぶ。

まさしく、今、俺がやっている事がそれだった。

「……」

俺は小さく息を吐く。

今の俺はディートハルトではあるが、ディートハルトではない。

あくまでも『俺』は『俺』だ。

「…………」

深呼吸を繰り返し、呼吸と怒りを鎮め、強く思う。

――俺を振り回すな！

鼻から深く息を吸い込み、時間を掛けて口から細く吐き出す。

怒りが抜けていくに従って、ディートハルトの苛立《いらだ》ちも抜けていったが、悲しい事に胸の中にある嫌悪が晴れる事はなかった。

この状況を不快に思っているのは、ディートハルトだけじゃなく、俺自身もそうだったからだ。

「…………」

怒気を鎮める事に集中している間、部屋の中は恐ろしいぐらいの静寂に包まれていた。

そうだ。

朝は、いつだって新鮮な死を思わせる静寂であるべきだ。

俺自身もそうだ。冷たくて青い朝の光が好きだ。

鳥の囁き。無関心に通り過ぎていく車のエンジン音。ＴＶはいつもの女子アナがいつものように今日の天気を話題にしている。代わり映えする必要はない。静けさに集中力が宿る。いつもの時間が、いつもの力を約束するという事だ。

シャワーを浴び、髭《ひげ》を剃って身なりを整える。鏡の前には、いつもの俺がいる。

才能は静けさによって磨かれる。

性質は激流によって作られる。

《アスクラピア》の言葉より。


俺は右手で顔を拭った。

「……アビー、怒鳴って悪かった……」

「……うん、うん……こっちこそ、ごめんよぅ……」

「ゾイに言って伽羅を持ってこさせてくれ。あと、風呂の準備だ。それからメシにする」

それだけ言って、俺はベッドの上を睨み付けた。

「売女、じろじろ見ているんじゃない。筋肉ダルマにも言っただろう。二度と顔を見せるな」

とんがり耳は、こいつは年頃でアビーなんかよりよほど年上の筈だが、何故か怯えを含んだ視線で俺を見つめている。

震える声で言った。

「わ、私は売女じゃない……」

「知らんのか。男の寝所に無断で入り込む女を売女と呼ぶんだ」

不潔な女だ。殊更、潔癖を気取るつもりはないが、行きずりの女と寝床を共にする趣味はない。

「……」

そこで奇妙な沈黙があった。

とんがり耳の顔が真っ赤になり、目尻が吊り上がった。

「ここは、私の部屋よ。馬鹿野郎。ちょっと優しくしてやりゃ、ガキが調子に乗りやがって！」

「……」

おっと、こいつはまずい。どうやら酷い行き違いがあるようだ。

まぁ、神官の『雷鳴』は、度々こういったトラブルを呼び、行き違いを悪化させる。

……まぁ、早朝だ。寝ぼけている事が多いからしょうがない。

俺は自らの髪を掻き回した。

「そうか……それは、すまなかった。ディートハルト・ベッカーは己の非を認め、母《アスクラピア》の名の下に謝罪する」

俺は右手で聖印を切り、胸に手を当てて静かに頭を下げた。

――正式な謝罪だ。まぁ、許されるとは限らんが。

「……」

斯《か》くして俺は沈黙を選ぶ。

◇◇◇

賢き者は、そっと黙っていよ。

《アスクラピア》の言葉より。

◇◇◇

俺が口を閉ざし、雷鳴を収めたところで漸《ようや》くアビーが言った。

「ここは、アレックスさんのクランハウスなんだ」

「そうだったのか……」

「昨日、こぶを取ったろ？　それで色々あったんだ」

「色々……？」

曖昧な言い方に嫌悪の視線を向けると、アビーもそう思うのか、静かに首を振った。

「色々は、色々さ……。とにかく、あんたは寝床に酷く拘《こだわ》るし、あんたがアネットさんの部屋にいたのは、ここが一番いい部屋で、アネットさんの厚意なんだ……」

「そうか……そうだったか……」

それを聞いて、俺は大きく溜め息を吐き出した。

「……アネット、さん。重ねて、申し訳なかった……」

とんがり耳は小さく舌打ちして、漸くわかったか、と言わんばかりに強く鼻を鳴らした。

まぁ、とにかく……

「アビー、お前が納得しているんなら、それでいい……」

とんがり耳は、身体にシーツを巻き付けた格好で、ずっと俺を睨み付けている。

「……あんたはガキで偉そうだけど、安くて腕がいいからね……」

それだけじゃないだろう。他にも狙いがある筈だ。アビーが『色々』と曖昧に言ったのには深刻な理由がある筈だ。

まず、それを知るところから始めよう。

「……筋肉ダルマはどこだ。筋肉ダルマと話がしたい……」

ずっと引っ掛かっていた。

俺の力で金を稼ぐくせに、俺を隠そうとするアビーの行動には理由がある。それが恐らく、アダ婆が死ななければならなかった理由でもある筈だ。

俺は、もっと『神官』というクラスの特殊性について知る必要がある。

さて、意図せず垂らした釣り針に引っ掛かったのは大物か。それとも……

◇◇◇

小さいが石造りの建築物。

それなりに高価な調度品がそこかしこに飾られている広い部屋で、デカいテーブルを挟んで筋肉ダルマ……アレックスと対峙している。

「要は、ディート。あんたをウチのクランで囲いたいんだ」

「そういう話はアビーとやってくれ」

「駄目だね。今朝、あんたがアネットにした事を忘れたとは言わせないよ」

そいつを言われると弱い。

俺自身はまだ『神官』というクラスに詳しくなく、理解が欠けていたが、力のある神官の『言葉』には強い力が宿る。無茶苦茶簡単に言うと、『呪い』のような力がある。アビーやアネットが怯えていたように見えたのは気のせいじゃない。

「……すまなかった。あの場所での発言は俺の勘違いだった。全面的に撤回する……」

アレックスは、したり顔で破顔した。

「そいつはいい。あとは、二度と顔を見せるな、ってのも取り消してほしい」

「わかった。取り消す」

そこで俺は伽羅の欠片《かけら》を口に放り込み、それをカラコロと口の中で弄んだ。

「話は終わったな」

「まだに決まってるだろう。っていうか、まだ何も話してないよ」

「面倒だ。そういう話はアビーとしてくれ」

そもそも俺には無欲の戒律がある。多少の嗜好品ならアビーが用意するだろうし、それ以外には、衣食住の三つが確保されているなら求める物はない。

「は、はは……徹底してるね……」

俺は、黙り込んだ筋肉ダルマの前で席を立った。

「……」

筋肉ダルマの眉がヒクヒクと怒りに震えている。

「仕事はちゃんとしてもらうよ……！」

「何度も言わせるな。アビーと話せ」

そのまま、俺はアレックスの部屋を出た。

◇◇◇

部屋の外では、アビーと鬼娘が半泣きで手を揉み絞るようにしながら、そわそわして待っていた。

「話は終わった」

俺が短くそう答えると、アビーは目を丸くした。

「は、話は終わったって、どういう話になったんだい？」

そこで、俺は伽羅の破片を吐き捨てた。

「どういうって……俺の上にはあんたしかいないんだ。あんたがそう言った。あんたが決める事だろう」

「……」

沈黙があり、アビーが息を飲む音が聞こえた。

俺はというと、睡眠不足なのかいまいち頭がはっきりしない。遠巻きにこちらを見ていたゾイを招き寄せ、肩を抱くようにしてもたれ掛かった。

「伽羅は？　二、三個出してくれ」

「あ、うん。それは……」

意外そうに俺を見上げるゾイの衣服を探っていると、鬼娘が袋に入った伽羅の破片を突き出してきたので取り上げる。

「なんでお前が持ってる」

袋の中から幾つか伽羅の破片を取り出し、ポケットに突っ込んだ後は残り全部をゾイに押し付けた。

「なくさないように持っていてくれ。それがないと俺はムカつくんだ。切らさないようにな。あと、離れる時は一言言ってくれ。身の回りの事は頼んでいただろう。朝起きていないから驚いたぞ」

　ゾイは何度も強く頷いた。

「ご、ごめんなさぁい……」

「ああ、だが強制するつもりはないんだ。俺には言いづらいだろうから、嫌になったらアビーに相談するといい」

　新しい伽羅の匂いが鼻腔を突き抜け、ぼんやりとした意識を幾らかはっきりとさせてくれるのを待って言った。

「アビー、今朝は色々あって休み足りない。まだ少し休みたいが、いいか？」

「あ、ああ。そうだね。確かに顔色がよくない。アシタに背負ってもらうかい？」

「いらん」

　一言で切り捨てると、鬼娘の肩が小さく震えた。

　俺はゾイにもたれ掛かったまま、ゾイを杖《つえ》代わりにアレックスのクランハウスを出た。

　アレックスとの交渉を終え、帰ってきたアビーの説明はこうだ。

「今、アレックスさんのクランには一〇人の冒険者がいる。ディ、あんたはその一〇人の面倒を見なきゃいけない」

「……」

「その見返りとして、アレックスさんはパルマの長屋を貸し切りにしてくれた。七つも部屋があるんだ。そこがあたしらの新しいねぐらになる」

「……悪くないな。だが……パルマの長屋……？」

それに答えたのは鬼娘だ。

「貧乏長屋さ。同じような長屋がクソみたくあって、その一つがあたいらのねぐらになった。でも、ディ。あんただけは違う」

「なんだ、それは。どういう事だ？」

「あんただけは特別さ。アレックスさんのクランハウスに自由に出入りしていい。休むのも泊まるのも自由。なんなら遊びに来いだってさ」

「……」

それは見え透いた引き抜きだ。

アレックスが欲しいのは俺だけで、その他はゴミ同然の扱い。アビーや鬼娘の心配は理解できた。

ゾイが俺を遠巻きに見ていたのは、そこから来る疎外感からだろう。

俺はゾイの頭を撫でておいた。

それを横目に見ながら、アビーの話は続いた。

「あんたはクランの仕事を優先しなきゃいけない」

「呼び出しがあれば、すぐに応じなきゃいけないって事か？」

「そうさね。その見返りが貧乏長屋と銀貨五枚」

そう言って、アビーは懐から銀貨を取り出して見せた。

「全然、足りないぞ。安売りするな。アビー、そういう時は吹っ掛けるんだよ」

俺のその言葉に、アビーを含めたガキ全員が震え上がった。

「な、何を言ってんだい、ディ。貧乏長屋だけど、ちゃんとしたねぐらがあって、一日に銀貨五枚だよ⁉」

俺に通貨の価値はわからない。わかるのは、筋肉ダルマが俺を飼い慣らして便利使いしようとしているって事だ。

「じゃあ聞くが、アビー。その金でガキ共を腹いっぱい食わせてやれるのか？」

「そ、それぐらいなら……多分……」

言葉の後半は自信なさそうに口の中に消えていく。

だらしない。

「住む場所だけじゃない。ガキ共を見ろ。全員が虫の湧いたボロを着て、薄汚れてる。こいつらの格好をもう少し見られるもんにしてやらなきゃ、そいつはウソだろう」

「そいつは……そう、だけど……」

「だけど、なんだ？　物ははっきり言え。今のお前と話していると苛々する」

「……」

アビーは項垂れ、途端にしょぼくれた。

「なあ、アビー。筋肉ダルマにとって、貧乏長屋と銀貨五枚なんてのは、小遣い程度の端金なんだよ。お前はそんな小金で俺を売ったのか？」

この俺の言葉には激しい反応があった。

「――違う！　違う違う違うッ!!」

「だったら、しょぼくれてるんじゃない」

確かにアレックスの出した条件は破格だろう。だが、それはスラムのガキ共にとっての事だ。

一杯喰わされたんだよ。

俺は肩を竦めて息を吐く。

ゴミはゴミ箱に。

新しいゴミ箱が増えた。

【第五章】パルマの貧乏長屋

薄汚れた路地裏を抜け、『パルマ通り』の貧乏長屋に辿り着いた時、アビーは怒り狂っていた。

「クソがッ！　あの筋肉ダルマ！　あたしを馬鹿にしやがって‼」

パルマの通りの貧乏長屋。

『パルマの貧乏長屋』と呼ばれるそこは、ずらりと平屋作りの長屋が並んでいて、アビーは新たに割り当てられた長屋にある七つの部屋を一つ一つ自分の目で見て回った。

俺は適当な部屋を選んでゾイと入ろうとしたが、それはアビーに止められた。

「ディ。あんたは一番奥の部屋だ。あと、ゾイの他に二人付けるけど文句は許さないよ」

「……わかった」

「アシタ！　スイ！　あんたらはディに付くんだ。わかってるだろうね‼」

アシタは言わずと知れた鬼娘。スイの方は青白い肌を持つ少女……『蜥蜴娘』だ。

スイと呼ばれた少女はニコニコと機嫌よさそうに笑っている。

鬼娘の方は、ちらりと俺を一瞥して、強く鼻を鳴らした。

一番奥まった部屋を割り当てられた理由は、裏手に排水路があって、その部屋にだけ風呂があったからだ。

なお、アビーは猫娘のエヴァを側近にする事に決めたようだ。猫娘はアビーに散々細かい指示を出され、その度に文句を言っていたが、アビーはその度に苛烈な暴力で猫娘を黙らせた。

「さっさとメシの支度をするんだ！　ディには一番上等なメシを用意するんだよ！　ガキ共には水汲みでもさせな!!」

この貧乏長屋に限った事じゃないが、水道なんて洒落《しゃれ》た物は付いてない。アビーの指示は妥当だった。

そして、この貧乏長屋には何もない。雨風が凌《しの》げるぐらいで何もない。テーブルもベッドもない。毛布もない。ないないないないないなんにもない。

俺は一瞬だけアネットの部屋が恋しくなったが、それはアビーの精神衛生の為に言わないでおいた。

パルマの貧乏長屋で割り当てられた一室。

アビーは口うるさくがなり立て、ガキ共はどこから持ってきたかわからない木材で簡易ベッドを作製した。

よくよく見ると何かの看板だの、川岸に流れ着いた流木だのを使っている。その簡易ベッドに、揉み込んで柔らかくしたよくわからん草を敷き詰め、シーツを敷いて出来上がったベッドが俺の寝床になる。

「……今日はダンジョンの方には行かないのか？」

日銭を稼ぐという意味ではヒール屋は上手くいっていた。

「筋肉ダルマから依頼があれば、行くさ。今のところ、そういう依頼はないし、今はここをもう少し使えるようにしなきゃいけない。金がなきゃそういう訳にもいかないだろうけど、筋肉ダルマから今日の金は頂いているし、休んでしまって問題ないねぇ」

新しいねぐらを得て、新しい生活が始まるのだ。アビーがやらなきゃいけない仕事はクソほどある。

ヒール屋はお休みだ。

「ディ、あたしが許すから、あんたはしっかり休んで英気を養いな」

「わかった。そうさせてもらう」

それだけ言って、俺はガキ共が作った簡易ベッドに横になった。

シーツの下の草がチクチクして寝心地はよくないが仕方ない。あの下水道に戻るより一〇〇億倍はマシだった。

貧乏長屋。とは言ったものの、一部屋あたりの面積はそれなりのもので、四、五人が生活する為のスペースは充分に確保されている。

アビーはその利用方法に苦慮しているが、この居住スペースは今の俺たちには広過ぎる。

はっきり言って、過ぎた代物だった。

少しの休憩時間を挟み、叩き起こされた俺は、仏頂面でアビーの愚痴を聞いていた。

「……広過ぎる！　なんかいい利用方法はないかい？」

「……アビー。あんたがリーダーだ。あんたの好きにすればいいだろう……」

「それさ！　いつもそれだ！　あんたのその言い種《ぐさ》！」

アビーは足りない頭をこねくり回し、それでも答えの出ない現状に腹を立てているようだった。

「あんた、あたしを立てるフリをして、面倒事は全部あたしに押し付けてるだろう！」

「……駄目、なのか……？」

「駄目に決まってる！　この馬鹿野郎!!」

「……わかったから怒鳴るな。あんたのデカい声を聞いてると、俺は頭痛がするんだよ……」

「なんだってえ!?」

まあ、アビーを含めた全員が孤児の集団で、おつむの具合はよろしくない。ぽんと価値ある物を突き出されたところで上手い使い途なんて思い付く筈がない。俺としては、失敗しながらもアビーが経験を積めるなら、それもよしと考えていたのだが……。

俺は少し考え、それから提案した。

「……俺の部屋は開放しよう。風呂場があるからな。裏手に排水路があって水はけもいいし、ここで洗濯や炊事なんかもすればいいだろう……」

俺としては論理的に答えたつもりだが、アビーはそれに難色を示した。

「……ここが一番いい部屋なんだ。あんた、あたしの気遣いを無駄にしようって訳かい
……？」

「……」

俺は呆れ、大きな溜め息を吐き出した。諭すように言った。

「……アビー。お前の気遣いは嬉《うれ》しいが、俺たちは未だ小さくて弱い集団だ」

「はッ！　あたしは弱くない！　この前フランキーと揉めた時だって——」

「まあ聞け、アビー」

競合相手がいる事は気になるが、今は、そのフランキーという奴の話はどうでもいい。

腕っぷしも度胸もある。アレックスとも交渉の口を持てる程度には頭も回るアビーだが、孤児にしては、というレベルだ。

「お断りだね。あたしはあたしのやりたいようにやるんだ」

「……」

俺は呆れて首を振った。アビーは苛立ちのぶつけどころを探しているだけで、実際には何も考えていないとわかったからだ。すると……

「な、なんだい、ディ。なんだって黙るんだ……」

「……気が済んだなら、出ていってくれ。少し思索の時間を持ちたい……」

俺としては論理的でない問答を打ち切りたかっただけだが、ここで何故かアビーは弱腰になった。

「ちょっ、待っ……ディ。わかった！　まずはあんたの話を聞こうじゃないか。だから……！」

「……」

気がつくと、鬼娘やゾイが横目で見ている。面子を潰すのはアビーだけじゃなく、この集団全員の為にならないだろう。

その思惑から、俺は口を開いた。

「……これで俺たちが揉めるのも、アレックスの考えの一つなんだよ……」

「え……？」

「アレックスはこう思ってる。どうせ頭の悪いガキだ。安っぽい貧乏長屋の一つだって上手く切り盛りできる訳がないってな」

その瞬間、アビーの狐目が見開かれ、剣呑《けんのん》な形に歪む。

「なんだと……！」

「実際、お前は持て余している。俺たちの人数に比して、ここはデカ過ぎるし、部屋数も多い。上手い割り当てなんぞできる訳がないんだよ」

苛立っていても、話を聞ける程度には頭が回るのがアビーのいいところだ。

おそらく、彼女は失敗を繰り返しながらも試行錯誤を諦めず、この場に至った。

「……」

改めて視線を合わせた時、眉間に皺を寄せ、険しい表情をしながらもアビーは落ち着いていた。

「ここでバチバチに揉めて、俺が追い出されでもすればしめたものさ。アレックスは大喜びで俺に手を差し伸べるだろうな」

その後は考えるまでもない。

そう時を置かずして、掃いて捨てるほどいるガキの集団が一つこの世界から消える。それだけの事だ。

「……」

アビーは真剣な表情で考え始めた。

「……あたしが馬鹿だった。ディ、あんたの話を聞かせておくれ……」

俺は小さく頷いた。アビーの実際の頭は悪くない。理解させてしまえば話は早いだろう。

まずは……

「アビー。お前の一番の武器はなんだ?」

「え……それは……」

口の中でモゴモゴとやりながら、アビーがベルトに差したナイフに手を置いたところで、俺は首を振った。

「愚か者が。そんなチンケなナイフがどれだけの役に立つ」

「なん……！」

またしてもいきり立つアビーだが、そこは『神官』の眼力で黙らせる。聞かなければ、聞かせるだけの話だ。

「お前は確かに腕が立つ。頭も悪くない。度胸もあるし、口も回る。だが、それがなんだ？まだアレックスと張り合えるタマじゃないだろう」

海千山千の冒険者であるアレックスと比べられてはアビーも立つ瀬がない。そして、今、それを認める事は恥でもなんでもない。

「……」

アビーは悔しそうに唇を噛み締め、黙り込んだ。話を『聞く』態勢になったという事だ。

「数だ、アビー。集団でいる事が、俺たちの最大の武器なんだよ」

「集団……」

「そうだ。ここにいる全員がお前の力だ。鬼娘に猫娘、ゾイに……まぁ他にもいるが、勿論、そこには俺もいる。ナイフ一本とどっちが上かなんて、それがわからないお前じゃないだろう」

「…………」

「デカい拠点ができた。今の状況はチャンスだ。もう、何をすればいいかわかるな。あとは……」

そこでアビーは立ち上がった。

「あとは、あたしの仕事だね」

この集団は、これからでかくなるのだ。アビーは口元に不敵な笑みを浮かべていて、剣呑に光る狐目は、これから先の未来を見つめている。

◇◇◇

アビーは悩みに悩み、結局は七部屋あるうちの二つの部屋を居住区として機能させる事にした。

「ディ、あんたの意見を聞かせておくれ」

「文句はない。強いて言うなら、寝る場所と生活する場所の二つの区域に分けたらどうだ?」

「……そうだね。特に夜は固まっていた方が、何かあった時に都合いいだろうし……」

時刻は昼下がりになり、今のところアレックスからの呼び出しはない。

猫娘は、ぎゃあぎゃあと喚き散らしてガキ共とメシの準備をしている。時折、蜥蜴娘のスイが視線を送ってくるのが気になるが、特に深い興味は湧かない。

そして、鬼娘のアシタとドワーフの少女ゾイは、片時も俺から離れない。

「アビー。一つ提案があるが、いいか？」

アビーは上機嫌で頷いた。

「ああ、あんたの意見なら、なんでも。言ってみな」

「……もう少し余裕ができてからでいい。ガキ共に服を買ってやってくれ」

「……いいだろ。わかった……」

アビーは澄ました表情で言ったが、僅かに視線を逸らした。

返事はしたが、わかってない。

アビーの『お宝』は、ディートハルト・ベッカーただ一人。他の事はどうだっていい。そう思っている事が顕著にわかる態度だった。

これはいずれ大怪我の原因になるだろうが、俺の知った事じゃない。いずれ……そこが分水嶺《ぶんすいれい》になる。アビーはわかったフリをしているが、『集団』というものを舐めている節がある。

さて、母《アスクラピア》はいかなる因果を以《もっ》て、軽率な女王蜂を苛《さいな》むだろう。

昼飯は魚の煮付けだった。予想外だったのは、猫娘が意外にも料理上手だった事だ。きちんと野菜も食卓に並んでいるし、スープも付いている。

まともな食事にありつけた事に感謝を捧げ、祈っていると猫娘が皮肉っぽく呟いた。

「神さまなんかより、あたしに感謝しなよ」

「……勿論、感謝している。俺に何かしてほしい事はあるか？」

「ないね！」

俺はこの猫娘に嫌われるような事をした覚えはない。

「……」

一瞬、鬼娘の視線を感じ、そちらに目を向けると、鬼娘は気まずそうに視線を逸らした。

相変わらず、こいつの考えている事はわからない。しかし猫娘の方は……

「なにさ！　やらしい目で見るんじゃないよ!!」

こうもはっきりと嫌われると、却って清々《すがすが》しいものがあった。

◇◇◇

昼食を終え、神力に余裕があった俺は、ガキ共の皮膚病の治療をする事にした。

「よし、ゾイ。来るんだ」

「…………いいよ」

だからなんだ、その間は。時折、ゾイからはセクシャルなものを感じる時がある。

風呂場がある部屋に行き、とりあえずゾイを裸に剝いてしまう。

「……ふむ。結構」

先日、治療したゾイの場合、予後は良好で一部掻きむしった痕こそあるものの、それも時を追って消えていくという程度になっていた。

「……」

ゾイは後ろ手に手を組み、小首を傾げて俺の顔を覗き込んでくる。

「ゾイ。一つ質問があるが、いいか？」

「…………いいよ」

くそっ、またセクシャルなものを感じる。その間はいったいなんなんだ。

「……他にも身体を掻いている奴がいるな。知ってるだけでいい。何人ぐらいいるかわかるか？」

「……スイとアビーは痒そうにしてない、かな……」

「む……そうか」

問題はその他のガキのようだ。アビーと蜥蜴娘のスイはともかく、他は全員が皮膚病に冒されていると見るべきだろう。

その後は前と同じようにゾイの身体を念入りに拭き上げ、祝福を与えた。

「わぁ……きれい……」

そう見えるだけでこけおどしだ。神力を節約する為、回復効果自体は痒みを軽減させる程度に留まる。

「……ねえ、ディも一緒にお風呂に入るんだよね……」

「そうだな。そうしよう」

貧乏長屋の風呂場はそう広くない。ゾイの提案通り、入浴はなるべく複数で、かつ早急に済ませるべきだった。

風呂場では、ゾイに全身を余すことなく洗われた。

前も後ろも全てだ。特に抵抗はない。ここまでに俺は何度も気絶していたし、その度に俺の身体を拭いて清潔を保っていたのはゾイの献身のお陰だったからだ。

湯船でほんのりと頬を染めて、ゾイは言った。

「ゾーイは、ディのものって事で、いいんだよね……？」

その問いに関しては簡潔に答えた。

「ああ、そうだ」

今は幼い俺たちだが、こんな事を当たり前にしている以上、時を追ってそういう関係になるのは自然の成り行きの一つだろう。

「だが、先も言ったが強制はしない。嫌になったら、いつでもやめていいからな」

「ならないよお。えへへ……」

いつものように甘ったれた口調で言って、ゾイは意見を変えなかった。

こんな格言がある。

――ドワーフの意思は鋼でできている。その頑固さは年老いた山羊《やぎ》にも勝る――

追々、俺は骨身に染みる事になるが、この時はガキの言う事と深く考えなかった。

◇◇◇

ゾイとの入浴を終え――

衛生環境の改善は必須だが、この長屋を手に入れた事で解決の見通しが立っている。問題は、これが『伝染る』病気だというのが『ディートハルト』の見解である事だ。

つまり、全員裸にひん剝いて治療しない事には、いつまで経っても解決しない。いたちごっこになる。それが続けば、酷い感染症の原因になるだろう。そうなれば死人が出てもおかしくない。

その状況を説明した時のアビーの答えは明快だった。

「じゃあ、ディ。あんたが、ぱぱっとやっとくれよ」

「簡単に言うな」

鬼娘や猫娘が、簡単に俺の治療に応じるとは思えない。

「エヴァはともかく、アシタの方は問題ないと思うけどねえ」

「完全に陽《ひ》が落ちてしまう前に済ませたい」

夜になると、ここら辺は馬鹿みたいに冷える。服を洗わなければならないし、ガキ共が着たきり雀《すずめ》だという事を考えれば、服が乾くまでの時間を考慮するのは当然の事だった。

そして、だ。入浴の文化というのは奥が深い。例えば日本人の場合、古くから入浴文化が根付いていて、毎日の入浴は特に珍しいものではない。

しかし、国によっては水質により事情が異なる。

例えば水質が硬水であった場合、入浴は肌や髪を傷めてしまう為、自然、入浴回数は減っていく事になる。フランスなんかはこれが香水の発展理由になったそうだ。

「なんだい、ディ。えらく難しい顔をしちゃってさ」

「……なんでもない。悩んでいる時間が惜しい。始めようか……」

「そうだね。それじゃ、あたしからやってもらおうかね」

症状が重い奴からだ、と言いたいところだったが、今は急を争うような時でもない。そもそも俺はアビーの部下である事を受け入れているし、ここで反論するのは余計ないざこざの原因になるだろう。

「ゾイ。風呂場でアビーの身体を見てやってくれ。処置の仕方はわかるな？」

確認するように言うと、ゾイは笑顔で頷いた。

「しっかりと全身拭き上げて、身体を洗う。それで、入浴する前にディを呼ぶ？」

「その通りだ」

ゾイは小さいが力強く、何より賢い。この少女に目を掛けたのは正解だ。自身の判断に悦に入り、重々しく頷く俺に、アビーはニコニコと笑みを浮かべて言った。

「いや、ディ。それは全部あんたがやるんだ。これは命令だよ」

「……」

アビーは狐目を糸みたいに細めて笑っているが、そこには有無を言わせぬ迫力のようなものがあった。俺は少し考え……

「……わかった。あんたはこの集団に必要な存在だしな。徹底するなら俺が診るべきだろう。あんたに抵抗がないなら、何も問題はない」

「じゃあ、早速風呂場に行こうかね。隅々まで見ておくれよ」

「……」

アビーに負けないぐらい目を細めるゾイの髪をくしゃりと撫で、改めて風呂場に向かった。

……一瞬、気になったのは、側《そば》で成り行きを見ていた鬼娘がゾイに向かって目配せして、それにゾイが頷いた事だ。

弾むように前を行くアビーの背中を見ながら、俺は考えた。

……女の考える事はわからん。中身三〇を超えたオッサンになってもそうだ。

複雑な女の心理は、俺のような朴念仁には一生わからんだろう。

漠然と、そんな風に思った。

◇◇◇

ガキ共のリーダー、アビゲイル。通称、『アビー』。古参のガキは『ビー』と呼ぶ。女王蜂《クイーン・ビー》。赤の装飾を好む彼女は、簡素な革の胸当ての下に赤色の肌着。その下には鎖帷子《くさりかたびら》を装着している。

ゴツいサッシュベルトには鉈《なた》のような大振りのナイフを二本差していて、腰下には冒険者が着るようなゆったりとした革のレギンスを穿《は》いている。ブーツは厚底で、いかにも何かの仕掛けがありそうだ。

襤褸《ぼろ》ばかりを纏《まと》うガキ共の集団で、こいつだけは違うと一目でわかるのが、このアビーの特徴だ。

風呂場に着くなり、アビーはくすんだ赤毛を掻き上げ、俺に微笑み掛けてから、サッシュベルトをナイフごとその辺りに投げ出した。

そこからは、あっという間に全裸になった。音もなくゾイが進み出て、当然のようにアビーの装備や衣服を拾い上げ、ちらりと俺を一瞥した後は静かに浴室を出ていった。

「見とくれよ。いい身体してるだろ？」

「……」

脱いでしまうと、確かにそうだ。幼さは残るが、しっかりと張り出した胸。くびれのある細い腰。レギンスでわからなかったが、足は筋肉質で荒縄のような筋が浮いている。

亜人の種族的な才能もあるだろうが、この鍛えられた身体付きは、本人の努力の賜物でもあるだろう。

「……ぱっと見たとこ、異変はないな。健康体に見える……」

皮膚病は勿論、とんがり耳にあったような腫瘍の兆しもない。

アビーは大きく手を広げ、その場でくるくると二度回転した。

「そりゃ、そうさ。この世界で、この身体以上に大切なものなんてありゃしないよ」

……まあ、そうだろうな。何もかも、命あっての物種。喜怒哀楽、全てが生ある者の特権だ。やはり、アビーは賢い。

「……しかし、本当に綺麗な身体をしているな……」

「最低でも、二、三日に一回は身体を拭く事にしているからね」

砂利のような小石が敷き詰めてある地べたに置いてあった椅子に大股で座り込み、アビーは言った。

「さぁ、やっとくれよ」

と、言われてもやる事はない。

だが、アビーがその気になっているので、全身をくまなく診させてもらう。前も後ろも、全部だ。

好きなように体位を変え、全てを診ている間、アビーの浮かべた笑顔は変わりなく、また身体を隠そうとする素振りも一切なかった。

「……異常なしだ。お見事。栄養状態に至るまで、全て問題ない……」

アビーの健康がガキ共の犠牲の上に成り立っているとは思わない。そのガキ共の面倒を見て、守っているのは他ならぬアビーなのだ。自身を守れない者に他者を守る資格はない。このクソみたいな世界で自己管理に優れている点は称賛すべき資質だった。

粗末な樽製の浴槽から手桶で湯を汲み取り、そっとアビーの足に掛けて様子を見る。

「……熱くないか？」

「あぁ、いい湯加減だ。ざばっとやっとくれ」

ここからは自分でやれと言いたいところだったが、そう言うとアビーが機嫌を損ねるような気がしたので……まぁ、続ける事にした。

「♪」

俺に身体を洗われている間、アビーは上機嫌で鼻唄まで歌い出す始末だ。

「前もだよ。前も。言い出しっぺはあんたなんだ。丁寧に、しっかりやっとくれ」

「……ああ」

「尻尾もだ。そこは念入りにね」

今はまだ幼さが残るが、二、三年もすれば目の玉が飛び出るようないい女になるだろう。眼福だがしかし……石鹸もシャンプーもリンスもないこの原始的な生活は気に入らない。

「なぁ、アビー。身体を洗う石鹸や洗剤のような物はないのか？」

「セッケン？　センザイ？　なんだいそりゃ。あんたときたら神官さまだからね。小難しい言葉を使うのはやめとくれよ」

「……言い方を変えよう。身体を洗う時に使う薬液……のような物と言えばわかるか？」

「はん？　あぁ、錬金薬液か。そんなもんは貴族様の使うもんさね。あたしは見たこともないねえ」

「……そうか。なら、油と灰は用意できるか？　自分で作ろうかと思う……」

できるなら苛性ソーダがあれば良かったが、そもそも劇物であるし、俺にも作り方はわからない。ここで言ったのは昔ながらの石鹸。旧時代の石鹸に必要な材料だ。

「なんだそりゃ。そんなもんで、その……セッケン？　身体を洗う錬金薬液が作れるのかい？」

「その錬金薬液というのは知らんが、似たような物は作れる……多分」

「――!!」

その瞬間のアビーの変化は劇的だった。

がばっ、と音が出そうなぐらい勢いよく振り向いて、俺に思い切り抱き着いた。

「あぁ～ディ！　ディ！　あんたって奴は！　あんたって奴は～!!」

何故か興奮したアビーに押し倒され、俺は顔中にキスの嵐を受けた。

「うわ、や、やめろ！」

何せ一〇歳程度のガキの身体だ。試してないが精通もないだろう。邪《よこしま》な考えは浮かばない。ただ、服が濡《ぬ》れてしまうのが嫌だった。

アビーは大興奮だ。俺にひたすらキスの雨を降らせながら、糸目を益々細くして笑った。

「それで、それで、ディ！　そのセッケンとやらは作るのが難しいのかい!?」

俺はなんとかアビーを押し退けて、激しく毒づいた。

「くそっ！　馬鹿力め！」

湯桶に入っていた水まで被ってしまった。お陰で全身ずぶ濡れだった。クソガキが!!

『雷鳴』を轟《とどろ》かせてやりたかったが、そこはぐっと堪《こら》えて言った。

「…………石鹸の作り方なら簡単だ。アホでもガキでもできる。この答えで満足…………くそっ、抱き着くな!!」

その後は興奮の収まらないアビーをなんとか湯船に放り込み、石鹸についての話をした。

「ふうん……でも、油と灰かい？」

気分良さそうに入浴するアビーは、すらりと長い足を樽の縁に掛け、湯船の湯を両手で弄んでいる。

「……ああ、油ならなんでもいい」

ぴしゃぴしゃとアビーが両手で湯を弄ぶ為、俺は少し下がった場所で用心深く答えた。

「なんでもって、本当になんでも？　使い回して捨てちまうようなやつでもかい？」

「綺麗な事に越した事はないが、あんたは安く仕上げたいんだろう？」

この答えに益々気分を良くしたようだ。アビーは変な笑い声を上げた。

「にゅふふふふ……！　わかってるじゃないか！　……で、灰の方は？」

「それこそ考える必要はない。暖炉の中に捨てるほどあるだろう」

「ディ、後でまたキスしてあげるよ！」

「いらん！」

上機嫌のアビーは笑みを絶やさず、茶化すように湯船の湯を掛けてくるのだから堪らない。

「ディ！　あんたも一緒に風呂に入りな！　うんと可愛《かわい》がってあげるよ！」

「いらん！」

そんな格闘が暫く続いた。

「あんたがやってきて、いよいよ、あたしにもツキが回ってきたみたいだ……」

アビーは悩ましく溜め息を吐き出し、俺にうっとりとした視線を向けてくる。

「……あまり期待し過ぎるな。あんたの期待に添えるものだとは限らないぞ……」

「そんな事はないね。あたしは勘が働くんだ。その勘が言ってる。こいつは結構な稼ぎになるってね」

……勘。

アビーはその『勘』に非常な自信があるようだが……何か引っ掛かる言い方だ。

ここは『異世界』だ。俺の知らない事は山ほどあるだろう。このアビーの『勘』もその一つなのかもしれない。

不意に、アビーが言った。

「ゾイを選んだのはいい判断さ。あの子は器量もいいし、素直で扱いやすい。それに、あんたを一目見た時から、可愛いって、ぞっこんだったからね」

「男に可愛いは褒め言葉にはならんな」

「うふふ。まぁ、あんたときたら、貴族様より偉そうだからね。そう感じると思ったよ」

そう言って、アビーはくすぐったそうに笑った。

「……」

元が美しい少女だ。あどけなさの残る年相応の笑顔に、俺は一瞬だけ見とれてしまう。

その俺の不躾な視線に、アビーは満更でもなさそうな笑みを浮かべている。

「でもね、ゾイは……」

アビーが何事か言おうとした、その時の事だ。

ガキ共の悲鳴が上がり、長屋全体が大きく揺れるような衝撃を感じた。

ゾイたちがいる隣室から突然悲鳴が上がり、ずしんと長屋全体が揺れるような衝撃があった。何事かと身構える俺だったが、アビーは何事もなかったかのようにゆったりと湯船に浸かりながら、手を打って笑った。

「やったやった。さてさて、やったのは誰だろうね。あたしはアシタの奴がやったと思うね」

「……なんの話だ？」

「エヴァだよ。一方的に、あんたを嫌ってたろ？」

「……」

流石に抜け目ない。アビーは気づいていて放置していたのだ。

「猫の獣人には悪い癖があるからね」

「……悪い癖？」

「こりゃ驚いた。あんた、賢いけど、時折、何も知らないように見える事があるねえ」

「……」

鋭い。そもそも俺はこの世界の人間じゃない。今はこの世界の文化を手探りで模索している最中だ。

アビーは諭すように言った。

「猫の獣人には、仲間同士で『つるむ』傾向があるのさ」

そこで俺もピンときた。

「なるほど。仲間意識が強いという事は、裏を返せば排他的でもあるという事か……」

そこで、俺は漸く猫娘に嫌われていた原因がわかった。そもそも俺は新入りの分際で、三日後にはＮｏ.２の立場になった。仲間意識の強い猫娘はその俺を異物と感じ、排斥《はいせき》しようと考えた。

「まぁ、猫の獣人は賢いし魔力もあって、才能だけで言えば光るものがあるんだけどね」

そこまで言って、アビーは厳しい表情になった。

「……あんたの言った通りさ。あたしらは、まだまだ小さくて弱い集団だ。力を合わせなきゃ生きていけない。そろそろわからせる必要があったんだよ」

「そうか。俺としては、それでも問題なかったが……」

湯船から立ち上がり、アビーは腰に手を当てた格好で俺に向き直った。

「問題はあるね。あんた、エヴァとアシタの事を嫌ってるだろう」

これは隠していた訳ではないから、鋭いというには当たらない。だが、小さい集団とはいえ、伊達《だて》にリーダーを張ってないようだ。仲間の事は見ていないようで、しっかり見ている。

まあ、バレているなら仕方ない。俺は素直に頷いた。

「俺にも好き嫌いはある。嬉しいと思う時もあれば、嫌な思いをする事もある。そんな時、嫌な感情を捨てるゴミ箱があれば便利だ」

だから、いつだって。俺は腐った感情を捨てる為、幾つかのゴミ箱を作る事にしている。

アビーは困ったものを見るように目尻を下げた。

「あの子らは古参だからね。周りに対する面子《メンツ》もある。特にアシタは腕力が売りだから、男で新入りのあんたに舐められないように必死だったのさ」

なるほど。鬼娘の態度が酷く中途半端に感じた理由にも納得いった。しかし……

「そうか、特に問題ない。嫌われたままでいい。寧《むし》ろ変わらないでいてほしい」

アビーは更に目尻を下げ、泣きそうな顔になった。次は脅してくるかと思ったが、アビーは泣き落としの方向で俺を宥《なだ》めたいようだ。

「……頼むよ。二人を許してやっておくれ……」

「嫌だ」

この際だ。俺は正直に言った。

「俺にはゴミ箱が必要なんだ」

俺は欠点も美徳もある普通の人間だ。大切な人を更に大切にする為に、腐った感情を捨てるゴミ箱があればすごく便利だ。

「誰も憎まず、誰も嫌わない者は、誰も愛する事はないだろう」

三〇年生きてきたが、この考え方を不便に思った事は一度もない。

「俺は、誰かを愛せる人間でいたい」

母《アスクラピア》も言っている。

公正であれば、不偏不党でいる必要はないと。つまり、俺の人生哲学は神にも認められている。

「なあ、アビー。俺をなんだと思っているんだ？　一方的に嫌がらせされて、それでもヘラヘラ笑ってるような奴だとでも思っているのか？」

その言葉に、アビーはショックを受けたようだった。震える声で言った。

「あ、あんたは神さまに近いから……だから……」

「ふざけるな。馬鹿者が。完全は神の則《のっと》るところ。人の有り様ではない」

アビーは俺を神の使いだとでも思っていたみたいだ。

憎みもせず、愛する事もしない者にお似合いなのは棺桶と墓場だ。

アビーの勘違いを正せた今回の議論には、大いに意味があった。

◇◇◇

邪悪であるか、無垢であるか、人はそれぞれ二つの特性を持っている。そして、その特性故に自滅する事も珍しくない。それは邪悪であれ、無垢であれ、なんら変わるところはない。

《アスクラピア》の言葉より。

◇◇◇

アビーとの議論を終え、俺は急ぎ、隣室に戻った。

扉を開け放つと、部屋の中央で仁王立ちになったゾイと猫娘が、お互い向き合って対立していた。

俺は小さく舌打ちした。

剣呑な雰囲気で向かい合うゾイと猫娘の二人を囲うように散らばったガキ共が、面白そうに囃《はや》し立てている。

「ゾーイ！　ゾーイ！　ゾーイ！」

「エヴァ！　エヴァ！　エヴァ！」

ゾイはこちらに背を向けている為、表情はわからないが、猫娘《エヴァ》の方は髪の毛を逆立ててゾイを睨み付けている。

二人共、お互いから一切視線を逸らさない。

俺は二人を止めるかどうか少し悩み……結局はやめた。

何せ、アビーが黙認しているのだ。Ｎｏ．２とはいえ、俺がその判断に口を挟むのは憚《はばか》られる。

次の瞬間、猫娘が凄まじいスピードで部屋中を駆け回った。なんとか目で追えるスピードだが、それは、まるでネコ科の猛獣を彷彿《ほうふつ》とさせるスピードだった。

（これが獣人か……！）

エヴァはその凄まじいスピードで部屋中を縦横無尽に駆け回り、擦れ違いざま、鋭い爪でゾイを何度も引っ掻いた。

飛び散った鮮血が辺りを濡らすが、ゾイは両手を十字に組み、頭をガードした体勢で動かない。急所だけを守り、ひたすら反撃の機会を窺っている。

（これはいかん……！）

ゾイが猫娘のスピードに対処できてないのは一目瞭然だった。

一方、やんややんやと囃し立てるガキ共に交じって静観していた鬼娘のアシタは、現れた俺の姿に仰天し、今もまだ争うゾイと猫娘の姿を交互に見比べている。

「おい、鬼娘。なんで二人を止めないんだ」

鬼娘は慌てて首を振った。

「いや、あれは、その……！」

事態は急を争う。鬼娘の中途半端な態度に、俺はますます苛立った。

「なんなんだ、お前は。いったいどっちの味方だ」

こうしてくっちゃべる間にも、猫娘の攻撃は苛烈を極め、防戦一方のゾイはみるみるうちに傷だらけになった。

ただの喧嘩と言ってしまえばそれまでだが、猫娘の攻撃スピードは尋常ではない。ゾイは我慢強く耐えているが、力尽きるのは時間の問題だろう。このまま、ゾイを見殺しにする訳にはいかない。俺は負傷を覚悟で二人の間に割り込もうとして——

鬼娘に、ぐいっと腕を引っ張られた。

「だ、駄目だ！　危ない!!」

「やかましい！　この役立たずが!!　お前の売りは腕力なんだろう。何故、見ているだけなんだ!!」

「だから、それは……」

鬼娘には言い分があるようだったが、奥歯に物の挟まったような口振りには苛立ちが募るだけだった。

「……」

斯くして俺は沈黙を選ぶ。話す価値のない相手との問答は無駄なだけでなく不毛だったからだ。

鬼娘はなおも何か言いたそうにしていたが、慌てながらも掴んだ俺の腕を離さない。

焦慮《しょうりょ》のあまり、俺は思わず叫んだ。

「――ゾイ!!」

その時、傷だらけのゾイの背中が大きく震えたような気がした。

「シャアアアアアッ！」

猫娘は鋭い呼気と共に気炎を吐き、猛スピードでゾイに襲い掛かった。

――決めにきた。その瞬間、これまでガードを固めたまま動かなかったゾイが動いた。

勝敗は一瞬でついた。

背後にいた俺には見えなかったが、ゾイは猫娘が勝負を決めにくるその瞬間を狙っていたのだろう。強く両腕を振り払ったようにしか見えなかったが、結果は劇的で――

ずがんと凄まじい音がして、同時に弾《はじ》け飛んだ猫娘は貧乏長屋の壁を突き破り、隣の部屋まで吹き飛んだ。

ゾイは、接触の瞬間、猫娘の爪を弾くのと同時にカウンターのパンチを叩き込んだのだ。

乾坤一擲《けんこんいってき》。その威力は正に一撃必殺。

壁に空いた大穴から猫娘を見たが、うつ伏せに転がったまま、立ち上がる気配は一切ない。

なんという膂力《りょりょく》。これが、ドワーフか……。

驚愕する俺の前で、ゾイは肩を怒らせたまま荒い息を吐き出した。小さい身体故に不利だと思っていたゾイと猫娘の勝負は、実のところ、互角のやり取りだったという訳だ。

「……」

猫娘はぴくりとも動かない。完全に失神している。ガキ共が歓声を上げた。

「ゾーイの勝ちだ！」

「ゾーイ！　ゾーイ！　ゾーイ！」

最後は力が物を言う。これが、ガキ共の流儀《やりかた》だった。

俺は暴力は嫌いだが、それを完全に否定するような馬鹿じゃない。それが効果的な場面があるからこそ暴力はなくならないし、『戦争』とかいうクソみたいな事象が存在する。これも、その一つなのだろう。

「ゾイ！　ゾイ!!」

ガキ共が騒ぎ立て、勝利したゾイを歓声で称《たた》える中、俺は慌てて駆け寄ってゾイを抱き寄せた。

「あ、ディ……」

ゾイはよほど集中していたのか、そこで漸く俺の存在に気づいたようだ。口元を緩ませ、微かな笑みを浮かべて顔を上げた。

「なんて事だ……」

ゾイの負傷は、猫娘の攻撃をガードした両腕に集中している。その全てが浅い傷だが、見る限りでは傷の数は二〇を超えている。

重傷ではない。だが放置していい傷でもない。俺は迷わず『蛇』を呼び出し、ゾイの傷を治療した。

両の腕に黒い蛇がとぐろを巻いて現れる。エメラルドグリーンの光が辺りを照らし、ゾイの傷はたちまちのうちに消え失せた。

一つ一つの傷は大したものじゃない。だが傷の数が多過ぎる。その数に比例して、大量の神力を消費した俺は強い目眩を覚え、その場に倒れ込みそうになったが、今度は逆にゾイが抱き支えてくれた。

「……」

俺は短く息を吐く。

喧嘩の理由に興味はない。

ゾイは穏やかな子だ。喧嘩をするなら、それなりの理由があるのだろう。だから、つまらない問いはしない。

そしてまた、ゾイの方も説明はしない。そもそもドワーフは寡黙な種族だ。やるべきと思った事をやる。無駄なお喋りはしない。

ガキ共が上げる歓声の中、俺とゾイとはお互いを支えるように抱き合っていた。

そこで漸く風呂上がりのアビーが帰ってきた。

「………」

まず、アビーは抱き合う俺とゾイを見て眉間に皺を寄せ、続いて壁の大穴の向こうに転がる猫娘と、動揺して目を忙しく泳がせる鬼娘とを何度も見比べ……意外そうに言った。

「まさか……やったのはゾイかい？」

そう確認したアビーは、厳しい表情で鬼娘を睨み付けた。

「……」

対する鬼娘は小さく頷き、視線を床まで下げた。

アビーは鋭く言った。

「アシタ。ちょっと来な……！」

風呂場でのアビーは、鬼娘の腕力を高く買っていた。少し考えればわかる事だが、この集団での鬼娘の役割は『抑止力』だ。集団内での警察機構と考えていい。

今回、鬼娘はその役割を果たさなかった。猫娘がぶっ飛ばされた事は問題じゃない。問題は、鬼娘が役割を果たさなかった事だ。

アビーの期待を裏切った事だ。

そして、ゾイが年長で古参の猫娘をぶちのめした。これがどういう結果に繋がるか。

集団内の序列が変わる。

それも、リーダーであるアビーの意図しない形での話だ。

「アシタ……あんた、これがどういう事か、わかってんだろうねぇ……！」

アビーの怒りは深刻だった。糸目を吊り上げ、鬼気迫る表情で鬼娘を睨み付けていた。

◇◇◇

その後、俺はガキ共の治療を中止した。

今はまだ皮膚病程度で済んでいるが、そのうち、何らかの感染症が発生する。そうすれば恐ろしい事になる。死人も出るだろう。それはもういい。

俺は、このガキ共に三行半《みくだりはん》を突き付ける事にした。

アビーの予想通り、猫娘をぶちのめしたのが鬼娘だったなら、それはアビーの手の内の出来事であり、何も変わらない。俺は変わらず、アビーの為に動いただろう。

この一件は、俺とアビーの関係に修復不能の傷を入れたと言っていい。猫娘に思い知らせたのが、アビーの期待通りに動いた鬼娘なら、俺はこの集団を『ゴミ箱』にはしなかった。できなかった。

「アビー。俺とゾイは別の部屋に移るが、異存はあるか？」

「……つっ！」

アビーは賢い。すぐさま俺の考えを理解したのか、ぐっと唇を噛み締めた。

俺はゾイを贔屓している。ゾイは俺の側に立っているという事だ。そのゾイが喧嘩するというのは、俺が矢面に立つ事と等しい。喧嘩の勝ち負けは関係ない。鬼娘は、どんな事をしても、ゾイと猫娘をぶつけるべきではなかった。それは、アビーとアビーの集団が俺を受け入れないと宣言するようなものだからだ。

俺はゾイの耳元で囁いた。

「……こいつらは伝染る病気だ。あまり近寄るな……」

「うん。わかったあ」

ゾイはいつものように甘ったれた口調で言って、俺の腕にぴったりと張り付いた。

「……」

アビーは唇を噛み締めたまま黙っている。

どうする、女王蜂《クイーン・ビー》。集団を舐めていただろう。思い通りに動かない集団が、どれほど始末に負えないか理解したか？　大怪我をした気分はどうだ？

「…………」

アビーは黙っていた。その顔に浴室で見せていた余裕は一切ない。額に玉のような汗を浮かべ、しきりに頭を回転させているようにも見える。

低く、押し出すように言った。

「……このケジメはつける。考え直してくれないかい……」

「……」

俺は答えず、黙ってアビーに背を向けた。

こいつの小遣い稼ぎに付き合う義務はない。これからは好きにさせてもらう。

ゴミはゴミ箱に、だ。最後に言った。

「アビー、若いうちの過ちは極めて結構だ。それがお前を成長させるだろう。だが、愚か者と年寄りはそうするべきではない。何故かわかるか？」

――どちらも、命が短いのだから。

◇◇◇

その日の晩は、ゾイと二人で寒さに震える羽目になった。

格好をつけたのはいいが、隙間風の吹き込む貧乏長屋の一室は人間の身体には堪える。

ガキ共があれほど密着して眠っていた訳を痛いぐらい理解した。

ゾイは少ない薪を燃やし、震える俺の為に必死に暖を取ろうとしたが無駄だった。最後には自分の衣服すら燃やそうとしたが、勿論、それは制止した。

「……これは堪らん。ゾイ、朝にはここを出てアレックスのクランに身を寄せるぞ……」

筋肉ダルマは笑うだろうが、背に腹は代えられない。薄っぺらい毛布とゾイを抱き締める俺は、がちがちと歯を鳴らしながら極寒の夜を耐え忍んだ。

そして、朝陽が差す時間になった頃の事だ。恐ろしい事件が起こる事になる。

少ない荷物をまとめ、この場を引き払おうとした俺を呼びに来たのは、蜥蜴娘のスイだった。

「どうかしたか?」

良くも悪くも、俺はこの蜥蜴娘に特別な思い入れはない。

「……これ」

スイは、一瞬だけ恨めしそうな視線をゾイに向け、小さな手提げ袋を差し出してきた。

「なんだ、これは……」

「アビーが……ディに……」

ぼそぼそと呟くように言うスイは、上目遣いに俺の顔を見たまま、袋を差し出した姿勢で動かない。

「……」

挨拶するような義理もない。ゾイだけ連れて出ていこうとしていた俺だったが、それはアビーにはお見通しだったようだ。

「なんだ、これは。餞別《せんべつ》ならいらん——」

俺は小さく舌打ちして、スイから受け取った袋の中に手を突っ込み、そこで指先に感じたぬるりと滑った感触に絶句した。

「…………」

まず、袋の中から取り出したのは、細長い紐《ひも》のような……見覚えのあるそれは……猫娘《エヴァ》の尻尾。

根元から切り落とされていて、傷口は半ば血が固まりかけている。俺が術で繋いでしまわないように敢《あ》えて時間を置いたのだ。

袋の中には、もう一つ凄惨な代物が入っている。

こいつも見覚えがあるものだ。

下水道で目を覚ましたあの日、腰に当たって痛かったあれ……

鬼娘《アシタ》の角。

皮膚片がこびり付いており、こちらも時間経過が見られる。

「…………」

俺は、アビーが用意したこの『ケジメ』の代物に絶句して言葉もない。

俺もまた舐めていた。ガキが……アビーがここまでやるとは思いもしなかった。

ショックを受け、愕然とする俺から袋をもぎ取り、中身を覗いたゾイは小さく悲鳴を上げた。

「ひゃあっ!!」

だが、ゾイの方は免疫があるのか、俺よりもショックは少なそうに見える。

暫くして落ち着いたのか、呆れたように言った。

「……こんなのもらっても、薪の代わりにもならないよ……」

正にその通りだ。こんなものにはなんの価値もない。

「……」

黙ったままのスイが、その場に膝をつき、額を地面に押し付けた。

「許してください。この通りです」

アビーは自ら率いるガキ共の手前、表だっての謝罪はできない。

だから、スイに命じた。全面降伏の完全謝罪。これはアビーにとって最大限の謝罪であり、また最大限の譲歩でもある。この謝罪を蹴れば、俺も後がない。間違いなく血を見る羽目になるだろう。

俺は疲れ……右手で顔を拭った。

「……アビーに伝えてくれ。謝罪は受け取った。この件は水に流す……」

「はい。ありがとうございます」

スイが……小さいガキが土下座で俺に詫《わ》びを入れている。

この酷い絵面に、俺は喚き散らしたい気持ちだった。

全ての物事には因果というものがある。俺はまだここにいて、為すべき事があるようだ。

女王蜂の執着心故か。それとも……

◇◇◇

居住区と定めた長屋の一室では、怯えた表情のガキ共が車座に座る中央部分で、俯いたアビーが爪を噛みながら、恐ろしく真剣な表情で胡座の姿勢で座り込んでいる。

「……アビー」

俺の方に言いたい事はない。それでも声を掛けたのは、ガキ共の怯え切った表情が気に障ったからだ。

「――！」

俺の呼び掛けに反応し、アビーは跳び跳ねるように立ち上がったかと思うと、熱烈な抱擁で俺を出迎えた。

「おはよう、ディ!!」

「……ああ。おはよう、アビー……」

俺自身、茶番と思えなくもないが、これでＮｏ．２ディートハルト・ベッカーと女王蜂アビゲイルは完全に和解した。

集団には、こういった馬鹿げた儀式が必要な場合がある。

鬼娘と猫娘の顔は見えなかった。もう死んでいるのかもしれないし、まだ生きているのかもしれない。ガキ共の流儀《スタイル》じゃ、どっちもありだ。

俺とゾイを見るガキ共は、全員小さく震えており、声一つ上げなかった。

アビーの薫陶《くんとう》の賜物だ。俺も騒がしいのは好まない。地獄のような静寂だが、それはそれで居心地が良かった。

「おかえり！　ディ、あんたはわかってくれるって思ってたよ……！」

「…………ああ」

それから、ささやかな朝食が始まった。

今朝の食事は、教会の炊き出しそっくりな雑穀の粥だったが、味の方はそれなりで、教会の修道女《シスタ》が出していたようなドブ臭い匂いはしなかった。

「それで、ディ。今日はどうするんだい？」

「そうだな……」

俺も腹の中に色々とある。少し考えて、それから言った。

「俺とゾイは、アレックスのクランハウスに行く」

「え……」

「なんで驚く。そういう段取りにしていたのはあんただろう」

現在、アレックスのクランには一〇人の冒険者が所属していて、その冒険者たちが俺の仕事相手になる。環境の確認が主だが、顔合わせぐらいはしておきたい。

それに……

「アビー。あんたは石鹸に興味があるんだろう？　暇じゃない筈だ」

「……セッケン？」

アビーは一瞬ぼうっとして、それからハッとしたように膝を打った。

「……そう！　それだ！　そうだったそうだった!!　そういう話だったね！」

そこで、俺は昔ながらの石鹸作りに必要な『油』と『灰』について詳しく説明した。

「……まずは試作からだな。大した量はいらん。材料を揃えておいてくれ」

「なんだい、もっとガツンといくんじゃないのかい？」

「……これが本当に上手い話なら、空いてる落とし穴もデカいぞ。アビー、慎重になれ。お前ならわかる筈だ」

「…………」

アビーの理解力は悪くない。俺の忠告に少し怪訝《けげん》な顔色を浮かべたものの、暫くの思考の時間を経て、恐ろしく真剣な表情になった。

「……そうだね。あんたの言う通りだ……慎重にいこう……」

それ以外にも、アビーには、この新しいねぐらをもう少し使えるものにするという仕事がある。

「それと、赤石と青石を多めに買ってくれ」

ガキ共にメシ炊きや風呂炊きを手動でやらせるのもいいが、コストが比べものにならない。そう考えての提案だったが、アビーは渋い表情で視線を逸らす。

「……そうは言ってもねえ……」

俺は小さく息を吐く。

今のこの貧乏所帯じゃ、アビーのこのケチ臭さも取り柄の一つなのだろうが、赤石や青石の利用先は風呂だけの話じゃない。炊事に洗濯、探せば他にもあるだろう。

「金なら気にするな。俺が筋肉ダルマから巻き上げてきてやる」

アビーはニヤリと笑った。

「そいつは名案だねえ。期待するけど、いいね、ディ」

敢えて口にしたという事は、アビーも所持金は少ないという事だ。

「問題ない。任せてくれ」

思い付く限りの方法でむしり取ってやる。尤《もっと》も……現状、金払いのいいアレックスにとって、それがどれくらいの痛手になるかはわからないが。

アレックスのクランに行く為、長屋を出たところで、ゾイが小さく呟いた。

「……アシタに悪い事しちゃった……」

「どういう意味だ……？」

ゾイは少し言いづらそうに視線を伏せ、ぽつぽつと事情を話し始めた。

「……エヴァだよ。あいつ、すごくディの事を馬鹿にしてて、口先だけとか、大した奴じゃないとか言ってて……」

「ああ」

別に意外な話じゃない。あの猫娘《エヴァ》ならそれぐらいは言うだろう。

意外だったのはそこから先だ。

「……それで、アシタがいい加減にしろって怒って……」

「中途半端なヤツだ。あいつは、いったい何がしたいんだ」

その気色悪さに顔をしかめてみせる俺に、ゾイは困ったように首を振った。

「ディは、皆の為に倒れるまで蛇を使ったのに、それを認めないのかって、アシタはすごく怒ったんだ。それでエヴァと喧嘩になりそうになって……」

「……」

「……代わってくれって言ったの、ゾイなんだ……」

「む……そうだったのか」

つまり、鬼娘……アシタは役割を果たそうとしたが、それを止めたのはゾイだった。

「……ごめんなさぁい……」

俺の為に怒ったゾイを、どうして責める事ができるだろう。涙目で頭を下げるゾイの髪を撫でておく。問題は……

「鬼娘……アシタはどこだ。あいつの角を持ってくるんだ。無駄かもしれんが、やれるだけはやってみよう」

アシタは、俺の事で怒ったゾイを立てる為に役割を譲ったのだ。それを話せば、アビーもあそこまで苛烈な処分はしなかっただろう。だがアシタは話さず、処分を受け入れた。見直さざるを得ない。

ゴミ箱が一つ減った。残ったゴミ箱の負担が増える事になるだろう。

アシタとエヴァの二人は、長屋の裏にいた。

角を折られたアシタは額に薄汚れた布を巻き付けており、その布から血が滲んでいた。そのアシタだが、エヴァと並んで水を張った桶の中にある山ほどの野菜を無言で洗っている。

「……」

一方のエヴァはレギンスを穿いているせいで、一見してなんの変化もないが、やけにフラフラしていて足元が覚束《おぼつか》ない。尻尾を切られた事による影響と見るべきだろう。

「……」

二人はちらりと俺を見て、何も言わなかった。

俺は舌打ちした。

「何をしている」

その俺の質問に答えたのはアシタだ。か細い声で、呟くように言った。

「…………メシ炊き女……」

「はあ？　それは、お前の仕事じゃないだろう」

それに答えたのはゾイだ。

申し訳なさそうにアシタを一瞥し、俺の耳元で囁くように耳打ちした。曰《いわ》く……

アビーの人使いには癖がある。期待を裏切った役立たず、或いは反抗した生意気なヤツに『メシ炊き』という仕事を押し付けるのだと言う。

『どうせなんの役にも立たないんだから、メシ炊きでもやらせろ』

というのがアビーの口癖らしい。……まるでヤクザだ。

これは俺のいた世界……『日本』での話だ。

その昔、とあるヤクザの親分が言ったそうだ。腕っぷしも度胸もないヤクザはなんの役にも立たない。でも何もさせない訳にもいかないから、せめてメシ炊きでもさせておけと言った。

嘘《うそ》か本当かは知らん。だが、その昔、料理人にヤクザ崩れが多かったのは本当の事らしい。短気で荒っぽく、陰湿な虐《いじ》めが多かったのもその名残だとか。

なるほど。猫娘が『メシ炊き』に反発していた訳だ。俺を嫌う理由がここにも一つか。

しかし……だとすると、気がつかなかったのは俺だけで、アビーは猫娘に強く警告していたとも取れる。

「なるほど……そうか……」

深く考え込んでいると、ゾイが困った顔で衣服の袖を引っ張った。

悪い癖だ。俺の場合、一度考え込んでしまうと、そこからが長くなる。

アシタがボソボソと言った。

「……仕事に戻ってもいいかい……？」

なんだ、これは。

あれほど気が強かった鬼娘が、視線を下に向けたまま、一切俺の方を見ようとしない。まるで別人だ。

「……待て。冷やかしに来たんじゃない。角を繋いでやるから来い」

そこで、アシタとエヴァは驚いたように顔を上げた。

「で、できるのかい？」

「ああ」

嘘だ。よく診なきゃなんとも言えないが、一度『切断』されたものを繋ぐには、高度な知識の他、高い神力が要求される。今の俺にできるかどうかはわからないが、おそらく無理だ。

それでも突っ張ったのは、ゾイを庇《かば》ったアシタを失望させたくなかったからだ。

「……ゾイ、なるべく綺麗な水を持ってこい。アシタ、お前はそこに座れ。傷口を見せるんだ」

アシタもエヴァも仕事の手を止め、改めて俺の顔を見る。

目を見開き、期待の籠もった顔だった。

俺は、鬼族《オーガ》や猫人《ワーキャット》が、角や尻尾を失う事の意味を知らなかった。

知っていれば、俺はやらなかったと思う。どちらも捨て置いたと思う。それが『公正』というやつだからだ。

まず、アシタの折れた角の様子を詳しく『診る』。

……時間経過が甚だしい。

そもそも切断部位の接合は時間の経過を争う。早ければ早いほど、接合の可能性は高まる。

「ふむ……」

俺は『診断』した。

こびりつくように付着している皮膚片は腐るだけだが、この角が『骨』の一部だとすれば見込みはある。これは、あくまでも『俺』の見立てだ。ディートハルトのヤツは何も言ってくれない。

「少し削るが、いいか？」

「え？　そ、それは……」

「皮膚の部分だ。角自体は削らん。駄目か？」

「それなら……」

アシタはホッとしたように頷いた。

続けてゾイの持ってきた桶の水に強い祝福を与えて浄化する。

即席の『聖水』だ。飲んでよし。洗ってよし。更に強い祝福を与えれば、結界を張ったり、地場の浄化をしたりと色々と用途は広がるが、今回はこんなもんだろう。

それで折れた角をよく洗い、アシタの額……元、角があった場所も洗浄して清潔を確保する。

「よく見えん。もっと近くに寄れ」

「う、うん……」

アシタの傷口からは微量ながら、未だ出血が続いている。つまり細胞は生きていて、角が繋がる見込みはあるという事だ。

折れた角を充分に洗浄し、腐るしかない不要な皮膚片を削り取った後、改めて傷口を診る。

「…………」

よくよく見ると、それは不自然なぐらい綺麗な切り口だった。鋸《のこ》のような凹凸のある刃物での傷なら諦めていただろう。

まさかとは思うが、アビーのヤツ……

アシタは期待に目を輝かせて俺の様子を見守っている。

「なんとかなりそうだ。来い」

「！」

額を見せる為、膝をついた姿勢だったアシタは、四つん這《ば》いのまますがるように俺の足にしがみついた。

「繋がるものも繋がらん。少し痛むが暴れるなよ」

「――――！」

アシタは大きく頷いて、予測される痛みに耐える為か、右手の親指の付け根をグッと噛み締めた。

勿論、俺は呆れた。

「怪我を治す最中に、新しく怪我を増やす準備をするな。馬鹿者が」

「は、はい……」

しゅんとして項垂れたアシタの口に、ゾイが固く絞った布切れを押し込んだ。

準備完了。

額の丸い傷口に折れた角を強く押し付けると、アシタはやはり痛かったのか、口の中の布切れをギリギリと噛み締めた。

そこでアスクラピアの『蛇』を使う。

両腕に黒い蛇が出現してとぐろを巻く。神力を開放すると辺りにエメラルドグリーンの輝きが溢れ……

「む……」

傷の治りが遅い。時間経過のせいか。それとも治療部位が『骨』であるせいか。なかなか繋がらない。かなりの負担だが、神力を開放し続ける。

「…………」

最初、苦痛に耐える為、歯を食い縛っていたアシタの表情から力が抜け、口からぼとりと布切れが落ちた。

目を剝いたエヴァが呟いた。

「う、嘘。繋がってく……」

神力を開放し続ける。辺りを照らす光は益々輝きを増し、癒しを受けるアシタの目から、ぽろぽろと涙が零《こぼ》れ落ちていく。

漸く角が繋がった時、俺は疲労困憊《こんぱい》だった。

そもそも昨夜は酷寒に耐え兼ね、神力の回復もままならなかった。全ての神力を使い果たした俺は目を回し、その場にぶっ倒れそうになった。

というか、ぶっ倒れた。

耳の奥でバチンと糸が切れるような音がして、視界に暗幕のカーテンが落ちて——

◇◇◇

意識を失っていたのは数分ぐらいだと思う。

「……」

俺は鬼娘のアシタに抱き抱えられていて、その目の前で、尻餅をついた姿勢のゾイと目が合った。

アシタがブツブツと何か呟いている。

「……おお、アスクラピアよ。感謝を。……ベルはこの恩を……忘れません。この身に……鬼《オーガ》の血は……ですが、その全てに懸けて……ベルは生涯……を守り……事を誓約……」

クラクラして上手く聞き取れない。アシタが母《アスクラピア》に深い感謝を捧げている事だけはわかる。

よくわからないのは、ゾイが尻餅をついている理由だ。ぽかんと大口を開け、アシタを見つめ……いや、睨んでいた。

「ゾイ……？」

いつもは甘ったれていて、何かとボディタッチの多いゾイは、ぱっと見は可憐な少女の風貌をしているが、この時はまなじりを吊り上げ、般若のような形相をしていた。

だが、俺の呼び掛けを受け、我に返ったように微笑み、尻に付いた汚れを払いながら立ち上がった。

「ディ、大丈夫う？」

そこにいたのは、いつものゾイだ。甘ったれていて、間延びした声に安堵する。

が——続けざま、俺は異常な量の発汗に見舞われ、半ば意識が飛んだ。

目眩が酷い。今にも吐きそうだ。っていうか吐く。軽く肩を叩いてアシタに離れるよう促すが、アシタは微動だにせず、俺を抱えた姿勢で離れない。

駄目だ。吐く。

俺は身体をくの字に折り、猛烈に嘔吐《おうと》したが、アシタは離れなかった。それがどうしたという態度だ。

「……」

そのアシタを、ゾイが平淡な顔で見つめている。何も言わないのが却って不気味だった。

強度のマジックドランカーに襲われた俺は意識朦朧《もうろう》となり、暫くは「あー」だの「うー」だの言って唸《うな》っていた……と思う。とにかく、このあたりは意識がはっきりしない。

だが、ゾイが無茶苦茶怒っている事だけは理解していたし、アシタと俺の関係に大きな変化があった事だけは理解していた。

　まあとにかく。俺が意識朦朧としている間、アシタは吐瀉物《としゃ》で汚れるのも構わず、俺を抱き締めた格好で少しだって離れなかったし、それを見つめるゾイの平淡な表情も何も変わらなかった。

　視界がぐにゃぐにゃ揺れる。

　ぱちぱちと拍手するような音がして、そちらに視線をやると、そこには笑顔のアビーが立っていた。

「……、………。ディ………」

　駄目だ。俺の名を言った事はわかるが、それ以外は殆ど聞き取れない。だが、何かをゾイとアシタに言い付けていて、二人は馬鹿みたいに真面目に頷き返している。

「……」

　意識朦朧としている俺の顔を覗き込むアビーの顔もぐにゃぐにゃだった。

　何か言った。

　多分、ちゃんと稼いでこいとか、そんな感じの事だろう。とりあえず頷くと、ぐにゃぐにゃのアビーは嬉しそうに笑った。

　勿論、稼ぐとも。

　それが俺の一番の存在理由だからだ。血反吐を吐く羽目になっても稼がんと、俺の言葉はなんの説得力も持たなくなる。ゾイも離れていく。メシ炊きになるのも御免だ。

「……。…………………」

またアビーが何か言った。

視線をずらすと、地面に額を擦り付け、何かを懇願するエヴァの姿が目に入った。

「……！　………‼」

エヴァは泣きながら、大声で何かを訴えているが、アビーは千切れたエヴァの尻尾を振り回しながら笑っている。

なんてヤツだ。気を強く持つと、ぼやけた意識がはっきりとしてきた。

アビーが残酷に言った。

「駄目だね。メシ炊き女」

エヴァはその場に泣き崩れた。

全然、意味がわからないが、アビーが残酷な事を言ったのだけはわかる。

「ディにはゴミ箱が必要なんだ。メシ炊き女。お前は、ずっとゴミ箱のままでいな」

俺は笑った。

母《アスクラピア》よ。あんたはこういう冗談が大好きだったな。

「来な、メシ炊き女。お前には腐るほど仕事があるんだ」

こうして余計な因果が増える。これも母《アスクラピア》の思し召し。

ディートハルト・ベッカーが逃げ出す訳だ。

泣き叫ぶエヴァは抵抗していたが、アビーに首根っこを掴まれてどこかに行ってしまった。

母《アスクラピア》の冗談はいつだって皮肉が利いていて面白い。

俺は笑った。笑うしかない。

そして俺は俺の人生哲学を変えるつもりは一切ない。

ゴミはゴミ箱へ。

残ったのは、千切れた猫の尻尾だけだ。

結局、アシタの治療で体調を崩した俺は、その日の仕事を諦めた。

アビーが疲労困憊の俺の背中を撫でながら、どうでもよさそうに言った。

「なんかありゃ、向こうから言ってくるだろう」

確かにそうだが、気が進まない。ビジネスに於いて『契約』とは神聖なものだ。言い訳したくない。したくないが……重度のマジックドランカーで目眩と冷や汗が止まらない。

その俺を心配するアシタとゾイの手によって、貧乏長屋の居室に放り込まれた俺は、働き蜂のガキ共お手製のベッドで仮眠を取る羽目になった。

切り傷や打撲傷を癒すのとは訳が違う。切断部位を繋ぐのに、俺は全ての神力を使い果たした。

ザールランドのギラつく太陽の暑さに堪らず目を覚ました時、時刻は既に昼過ぎだった。

「おはよう、ディ。メシの支度ができてるよ、たんと食いな」

アビーはすこぶる上機嫌だった。

「……アレックスから、何か連絡は……？」

「ないねえ。放っときゃいいんだよ。それより、灰と油は準備したよ」

「……そうか。何もないなら、それが一番なのかもしれないな……」

「そうそう。深く考えんじゃないよ」

寝起きは最悪だった。

夜はクソ寒いくせに、このザールランドの昼は暑過ぎる。体感だが、寒暖差は五〇度を超えている。

「水だ、ゾイ。水を桶にいっぱい持ってきてくれ」

献身的なゾイは、すぐさま駆け出して、部屋から出ていった。

「……」

これは、かなりまずい状況だ。俺という『人間』は、この環境に適応できない恐れがある。神力はほぼ回復したが、体力の方はまだだ。寧ろ、この酷暑で消耗したような気すらする。

深く考え込む俺に、アシタが差し出してきた伽羅を口の中に放り込んで考える。

この暑さに対処する方法の一つに『耐性防御』の術があるが、今の俺には使用できない。まだ『ディートハルト・ベッカー』に追い付いていない。苦労が足りないという事だ。

その後は寝汗に汚れた身体を拭いて、アビーたちが待つ部屋に向かった。

「どうしたんだい、ディ。そんな仏頂面しちまって……」

「……」

ゾイがエヴァをぶちのめして空いた大穴は、ガキ共がアビーの命令で壁そのものを取り払ってしまったので、ぶち抜きの大部屋になった。その大部屋で、俺たちは車座に座って簡素な食事を取った。

「それより、アビー。金はあるんだろう？　青石と赤石は買っておいてくれたか？」

「あぁ、とりあえず一〇ずつ。それでいいかい？」

ケチ臭いアビーだが、この一件で何かを学んだようだ。素直に俺の忠言を受け入れた。

そうだ。『集団』というのは時に恐ろしい。ゾイとエヴァがやり合った要因の一つに、ガキ共の悪乗りがある。囃し立て、二人の喧嘩を煽《あお》った。このどうしようもないガキ共の民度を上げる為にも、必要な出費は抑えるべきではない。そして、一応、Ｎｏ．２である俺も、アレックスからの呼び出しがないからといって休んでばかりいる訳にもいかない。

俺は溜め息交じりに言った。

「……アビー。ガキ共を風呂に入れてやってくれ……」

青石が一〇個あるなら、それなりの量になる。できる大人というものは、仕事は自分で作るものだ。

ガキ共の衛生観念は野生の獣並みだ。この空き時間に、蔓延《まんえん》しつつある皮膚病に早めの処置をしておきたい。この暑さなら、赤石を使って湯を沸かすまでもない。そもそも、そうするつもりだった。

「……そうかい。わかった。そうしようか……」

アビーは片方の眉を吊り上げ、不承不承ではあるが俺の言い分を受け入れた。

「なんだ。嫌なのか？」

「いや……悪い予感がする。あんたの言う通りにするよ」

アビーは己の『勘』に自信を持っている。その勘が働いたようだった。

◇◇◇

そうと決めてからのアビーの行動は早かった。ガキ共を片っ端から裸にひん剥き、水風呂にぶち込んで着ていた衣服を残り水で洗わせた。一応の良識の備えがある俺としては見ていられない光景だったが、ないない尽くしの貧乏暮らしではやむを得ない。

そしてガキ共には羞恥心というものが存在しない。水浴びを終えた後は、一張羅の衣服が乾くまでの間、素っ裸で辺りを駆け回っていた。

「アビー。なんでもいいから、替えの衣服ぐらい買ってやれ」

「……そうだね。そうする……」

この時も、アビーが素直に頷いたのが意外だった。先に言った時は興味なさそうにしていたくせに、今は真面目に聞いている。

誰しも『勘』というものはある。だが、アビーの場合、その自慢の『勘』を任意で使いこなせるのではないだろうか。

だとすれば、それは脅威だ。

それはともかくとして、俺は獣同然のガキ共を一人ずつ捕まえ、祝福して回らなければならなかった。

頭を抱えたのは、そろそろ年頃であるアシタまで、ガキ共同様に羞恥心の欠片もなく素っ裸になってしまった事だ。

「……アシタ。お前は少しぐらい身体を隠せ……」

そのアシタは身体を隠す素振りすら一切なく、堂々と俺の目の前で突っ立っており、不思議そうに首を傾げた。

「え、なんで?」

手で目を覆うようにして天を仰ぐ俺の様子に、アビーがクスクスと笑っている。

「言ったろ?　アシタは大丈夫だって。この子は鬼人《オーガ》の血を引いてるからね。これぐらい気にしないよ」

アビーの話では、鬼人《オーガ》という種族にはこういうところがあるようだ。よく言えば豪快。悪く言えばガサツ。

そう聞いて思い出したのは、アレックスだ。確かに、アシタには、あのアレックスと通じるところがある。初対面で感じた強引で威圧的なところがそれだ。

だが、あのアレックスには経験がある。身長二メートルを超える大女。曲者《くせもの》揃いの冒険者。この貧乏長屋を惜しげもなくアビーにあてがった手口を見るからに、一筋縄ではいきそうにない。

この先が思いやられ、俺は大きな溜め息を吐き出した。

◇◇◇

やがて極寒の夜がやってくる。

薄暗いランタンの灯《あか》りに辟易しつつ、俺は貧乏長屋の一室で、アビーに石鹸作りを教えていた。

油は近くの露店から引き受けた廃油で既に布で濾《こ》してある。灰の方は暖炉の中にあったものだ。

「灰は水に混ぜるんだ」

灰を使って石鹸を作るには、灰の中から炭酸カリウムだけを抜き出すという作業が必要になる。

アビーは俺の説明を聞きながら、難しい表情で首を傾げた。

「たんさんかりうむ？　あんたは小難しい事を言うねえ」

「まあ、言葉にすれば、そう聞こえるかもな」

用意した灰の中に熱湯を注ぎ、一晩時間を置く。そこから灰汁《あく》を取り出して油脂と混ぜ合わせる。その際、アルコールを加えたり、油脂や灰汁の温度を上げるとより早く鹸化する。

「また小難しい事言ってるけど、やる事自体は簡単だねえ。本当にそれだけ？」

「ああ、それだけだ。遊ばせてるガキ共にでもやらせるんだな」

「ガキ共に……？」

見るからに渋い表情を浮かべるアビーは、大勢いるガキ共を戦力として考えてない。

俺は小さく舌打ちした。

「アビー、聞け。自分一人でできる事には限界がある。お前は少し人の使い方を覚えろ」

「でも――」

アビーは誰も信用していない。それは、この場に俺たち二人しかいない事でよくわかる。裏切りや情報の漏洩《ろうえい》を恐れているのだろう。長く続いた下水道生活でそういう経験があるのかもしれない。だが――

「やかましい、頭を張るなら言い訳するな。何もかも思い通りにいくほど、世の中は甘くないんだよ」

そうだ。集団の頭を張る者には清濁併せ呑《の》む器量が要求される。時には裏切りに遭う事もあるだろう。失敗もあれば不測の事態もある。それを乗り越えて上に行け。

俺がアビーに本格的な説教をしたのはこの時が初めてだ。

「忘れるなアビー。お前は一人じゃない」

「……」

説教を食らったアビーは終始しかめっ面だったが、思うところがあるようで言い訳をする事はなかった。到底納得しているとは言えない表情だったが、今はこんなものだろう。

「わかったら、あとは勝手にやれ。俺はもう寝る。眠くて仕方がない」

「ああ……わ、わかったよ……」

仕上がりにもよるが、売り物になるようなら、この貧乏暮らしも少しはまともになるだろう。

俺は小さく欠伸した。

翌日、やはりアレックスのクランハウスに向かうと言った俺に、アビーはおかんむりだった。

「だから、放っときゃいいんだよ！　あんたはここにいて、どんと構えてりゃいいんだ‼」

「そうは言っても、金は必要だろう」

「そ、そりゃそうだけどさ……」

一応、俺はアレックスの雇われという事になっている。それを決定したのもアビーだ。そもそも、クランハウスに行かねば金をもらえない。アレックスに一杯食わされた事で警戒する気持ちはわかるが、それでも『契約』は守らねばならない。

そのあたりはアビーもわかっているらしく、苛々と髪を掻き回した。

「アシタ！　ゾイ！　油断するんじゃないよ！　何かあったら、すぐにあたしに報告しな！」

そんな感じで、俺はアシタとゾイを伴って、アレックスのクランハウスがあるアクアディの街へ向かった。


迷路のような路地を行く。

どの道を見回しても薄汚れた男どもが路傍に座り込んでいて、恨めしそうに俺たちを見上げるが、それも一瞬だけの事だ。

今の俺たちは冴《さ》えないガキ共で、何をどう考えたって進んで関わり合いになりたいと思うような手合じゃない。

「おい、そっちじゃねえよ」

「うん？　そうか……」

そして先頭を行く俺だが、度々、アシタに怒鳴り付けられた。

「だから、何度言ったらわかるんだよ！　さっき、右の方だって言ったよな⁉　なんで逆に行くんだよ！　わざとか？　わざとだよな‼」

アシタはそう言うが、異世界人の俺には、どこを見回しても同じ街並み、同じ街角にしか見えない。迂回路《うかい》を辿っているつもりだったが、行く道全てが行き止まりの状況に、ゾイも少し苦笑いを浮かべている。

「……そこまで言うなら、お前が先に行ってくれ」

その俺の言葉に、アシタはムッとして眉間に皺を寄せた。

「ああ、そうするよ！」

今の俺は、アスクラピアに対する祈りが圧倒的に足らない。もっと『行』を積む必要がある。神官としては、まだ半人前だ。ゾイに手を引かれ、視線を伏せて静かに祈る。祝詞を捧げ、いつだって皮肉の利いた母《アスクラピア》の冗談を笑う。

アスクラピアの二本の手。一つは癒し、一つは奪う。

そうだ。母《アスクラピア》の手は二本ある。『神官』の力は癒しだけに限られない。この力には先がある。上がある。未だちっぽけな俺だが、大いに成長の余地があるという事だ。

幾つもの貧乏長屋が建ち並ぶ路地を行く。その街並みは迷路のように入り組んでいて複雑だ。方向音痴の俺一人じゃ、アビーのいる長屋には帰れそうにない。

やがて長屋の並ぶ街並みを抜け、今度は石畳の道へ出たところで、俺は大変な事に気づいた。

「アシタ、ゾイ。どっちでもいい。金はあるか？」

すると、二人はお互いを見合わせ、小さく頷いた。

「後で必ず返す。貸してくれ」

少しの沈黙があって、まず頷いたのはアシタだ。

「ああ、いいよ」

アシタは襟首にある隠しポケットから銀貨二枚を取り出し、それを俺に差し出した。

「……！」

それを見て、一瞬目を見開いたゾイは身体のあちこちを弄《まさぐ》り、悔しそうに銅貨を二枚差し出した。

「すまんな、二人共。後で必ず返すから、とりあえず、この金で服を買いに行くぞ」

「……服？」

アシタとゾイは揃って首を傾げたが、これは当然の事だ。

俺は溜め息交じりに首を振った。

「あのな、お前たち。俺は仕事に行くんだ。わかるか？　俺に付いてるお前たちもそうだ。アレックス……筋肉ダルマのクランハウスに行くんだぞ？　本当にわかってるのか？」

今の俺たちは、そこらのホームレスに交じって路傍に座り込んでいたって違和感のないような薄汚れたガキだ。衣服を新調するのは当然の事だった。

「……で、アシタ。お前はどこまで俺に付いてくるつもりだ？」

俺としては当然の問いだったが、それを聞いたアシタは露骨に険しい表情になった。

「あたいはあんたの護衛なんだ。アビーがそう言って、あんたも頷いたろう。どこまでだって付いていくさ」

「俺が頷いただと？」

まるで覚えがない。焦ってゾイを見ると、ゾイは苦笑しながら頷いた。

どうやら、アシタの角を繋いだ時の事のようだ。意識朦朧としていた俺は、アシタが護衛に付く事に頷いたようだ。

悪いのは全部マジックドランカーだ。だが……ここまでの道のりを鑑《かんが》みるに、俺とゾイの二人組では危ない。腐るほどいる破落戸《ならずもの》たちが牙を向けてきたらと思うとゾッとする。

ちなみに、鬼人《オーガ》の血を引くアシタはデカい。まだガキだが、身長で言えば既に一七〇センチメートルは超えていて、細身だが筋肉質な身体をしている。額の角のお陰で鬼人《オーガ》である事は一目瞭然だし、そこらのチンピラ程度なら、視線一つで追っ払うぐらいの迫力はある。アビーが俺にアシタを付けたのは当然の判断だ。

「む、う……そうだな。頼む」

「ああ、わかりゃいいよ……」

そう、ぶっきらぼうに返すアシタに連れられて向かったのは、少し離れた路地裏に入ってすぐの場所にある古着屋だった。

……まあ、何事にも順序というものがある。新しい服と言いたいが手持ちが寂しいし、ホームレスに毛の生えたような存在の俺たちが衣服を求める場所としては妥当だ。

その場所で衣服を新調する。

アシタとゾイは傷みの少ない服を選んだ。デザイン的には今着ているものと大した違いはないが、幾分清潔感が出て、少しは見られるものになった。

問題になったのは俺が選んだ服だ。

立て襟の服で裾が足元まであり、ボタンが一二個もある。おまけに革製のベルトが付いていて格好いい。縫製もしっかりしているし、値段も手頃だ。

アシタが険しい表情で俺を睨んだ。

「……それ、『リアサ』だよな？　わざとか？」

「リアサ？　なんだ、それは？」

「……」

何故か、ゾイも頭が痛そうにこめかみの辺りを揉んでいる。

アシタは厳しい表情で言った。

「それは、アスクラピアの神官が着る服だ」

「そうか。駄目なのか？」

すごく気に入ったんだが……

俺が顔に出して渋ると、アシタは目尻を下げて困った表情になった。

「あ、あたいは駄目とは言わないよ。でも、そんな服を着て伽羅の匂いをぷんぷんさせてたら……」

この『リアサ』を着て、伽羅の匂いをぷんぷんさせてたら、なんなのだろう。

アシタは思い直したように首を振った。

「大体、あんたは伽羅臭いんだよ！　それだけでも相当危ない。その上、リアサを着たなんてビーが知ったら大事《おおごと》になっちまう！」

「アビーが？　何故？」

質問を重ねる俺に、アシタは益々困ったように目尻を下げたかと思うと、チラチラ周囲を見回し、聞き取れないほどの小声で呟いた。

「……教会騎士の目に付いちまう……」

「うん？　すまん、もうちょっとデカい声で言ってくれ」

「……」

アシタは首を振った。もう一度答えるつもりはなさそうだ。

誰かに聞かれたらすごくまずい事を言ったというのだけはわかる。それだけに残念だ。

「……駄目か。そうか……駄目なのか……」

よくよく見れば、夢の中で見たディートハルト・ベッカーが着ていた服にそっくりだ。

あの服、格好良かったよな……。

「……」

これしかない、と思って選んだ服なだけに残念でならない。落ち込んでいると、慌てたようにアシタが言った。

「言っとくけど、あたいは駄目だなんて言ってないからな！　ただ、それを着て外を歩くのは反対なだけで……！」

それはつまり、妥協の余地があるという事だろうか。

「……仕事中にしか着ない。それで、どうだろう。駄目か？」

そこで、何故かアシタは泣きそうな顔で首を振った。

「だから！　あたいは駄目なんて言ってない!!　そんな目であたいを見るな！」

「……」

今の俺は、そんなに哀れを誘う顔をしているのだろうか。

ゾイを見ると、こちらは酷く申し訳なさそうに視線を逸らしている。

「………」

しかし名残惜しい。この『リアサ』は古着故に少し色が煤けてしまっているのが難点だが、それ以外は満点をやってもいい。ビッとしていて見ているだけで気合いが入る。仕事着にもぴったりだと思ったのだが……

残念でならない。なおも名残惜しんでいると、アシタが頭を掻きむしって吠《ほ》えた。

「わかった！　わかったよ!!　でも本当に仕事中だけだ！　それと、あんたの口からビーに説明しろ!!」

「本当か!?」

やったぜ！　俺は内心でガッツポーズを決めた。

斯くして俺は『リアサ』を手に入れた。素晴らしい。これ以上、俺に合うユニフォームはないと断言できる。早く袖を通してみたい。身体中から神力が沸き立つような感じすらする。

そして、アレックス……筋肉ダルマのクランハウスが見えてきた。

俺は待ちきれずに言った。

「そこの物陰で着るが、いいか？」

アシタは心底呆れたように首を振った。

「……好きにしなよ。ビーには、なるべくあんたの意思を優先させるように言われてるんだ……」

「そうか！　なら問題ないな!!」

「……問題しかないよ……」

そう言って、アシタはニヒルな笑みを浮かべた。

【第六章】 オリュンポスにて

物陰に隠れ、アシタとゾイに手伝ってもらって『リアサ』に着替えた。

アシタが面倒臭そうに言った。

「なんだってこんなにボタンが多いんだ……！」

「それがいいんだよ」

一二個あるボタンを一つ嵌《は》め込む度に気が引き締まる思いがする。

最後に固くベルトを締める。なんだ、この心地よさは。

死ぬほど落ち着く。ここに至り、俺という存在は、漸く在るべき姿になった気がする。

「素晴らしい……」

俺は深呼吸を繰り返し、静かにゾイを見つめた。

「……」

ゾイは寡黙なドワーフの少女だ。無駄口は叩かない。黙って手提げ袋を持ち上げ、『それ』を持ってきた事を言外に告げた。

「よし。行こう」

斯くして、『神官』ディートハルト・ベッカーの仕事が始まる。

リアサを身に纏い、ゾイとアシタの二人の従者を連れた俺は、意気揚々とクランハウスの門戸を叩いた。

——クランハウス『オリュンポス』。

この『オリュンポス』が、アレックスを頂点に戴くクラン名でもある。ゴツい門戸を三度叩いた俺は、そっと胸に手を当て、瞳を閉じたまま応答を待った。

ややあって、門戸が開く気配があり、瞳を開ける。

俺は改めて言った。

「おはようございます。ディートハルト・ベッカー、契約に応じて参じました」

「……」

目の前にいたのは、とんがり耳のアネットだ。俺の言葉遣いにもそうだが、格好にも驚いたように目を丸くしている。

「先日は、私の浅はかな行動でアネットさんには大変不愉快な思いをさせてしまいました。その事を非常に心苦しく思っております。改めて謝罪いたします」

聖印を切り、胸に手を置いて頭《こうべ》を垂れる。彼女からはまだ許しの言葉を得ていない。正式な謝罪を繰り返すのは当然の事と言える。

「え？　う、うん。それはもういいわ……」

アネットは鳩《はと》が豆鉄砲を食らったみたいに驚いて目を丸くしている。

「あ、えと……なに？」

「はい。ディートハルト・ベッカーです。どうかされましたか？」

俺は特に変わった事をしているつもりはない。仕事とプライベートを分けるのは、社会人なら当然の事だ。

「アネットさん。失礼ですが、アレックスさんから契約の内容をお聞きになっておられますか？」

「え？　いや、その……」

「私は、リーダーであるアビゲイルからオリュンポスの仕事を優先するように聞いておりますが、何か行き違いがありましたでしょうか？」

「あぅ、いや、それで合ってる……」

「そうですか。安心しました。では、従者二名と共にクランハウスに入ってもよろしいでしょうか？」

そんなやり取りをする俺を、ゾイとアシタの二人は怪物でも見たかのように目を剝いて固まっている。

重ねるが、仕事とプライベートははっきりと区別されるべきだ。今の俺はガキの姿形をしているが、中身はいい年の男だ。

正式な契約を交わした仕事は、正当な業務によって正しく行われなければならない。

社会人として当然の在り方だ。それができないガキは、どこに行ってもナメられる。一人前として扱ってもらえない。大人なら知っていて当然の常識だ。

「それでは失礼いたします」

クランハウス『オリュンポス』。分厚い両開きの扉を開けて中に入ると目の前に赤い絨《じゅう》毯《たん》敷きの大階段があって、それは小さいながらも『城』を連想させる。

ゾイとアシタも知っている筈だが、気圧《けお》されている。落ち着きなく辺りを見て、生唾を飲み込んだ。

俺には特別な驚きはない。

「すみません。私の日常業務についてクランリーダーのアレックスさんにお尋ねしたい事があります。アレックスさんはいらっしゃるでしょうか？」

「へっ？」

アネットは先ほどから驚いてばかりいる。

アレックスが呼び出すより先に俺が来るなどと思ってなかったのだろう。アネットは寝巻き姿のガウン一枚という格好だ。そこを咎《とが》めて恥をかかせてやっても良かったが、それはただ気分の問題に留まるだけの行為なのでやめておく。第一、大人げない。

アネットは前が開いたガウンが気になるようで、しきりに胸元を気にしている。焦ったように言った。

「あ、アレックスなら、今ダンジョンに入っているのよ。夕方には戻る予定よ！」

「そうですか。それでは、オリュンポスの回復役《ヒーラー》の方はいらっしゃいますか？」

オリュンポスのクランメンバーは現在一〇名。そのうち、回復役《ヒーラー》が二名。基本的には五人をパーティの一組として、二つのパーティが所属しているが、現在はアレックス率いる五人が一つのパーティとしてダンジョンアタックの最中で、アネットを含めた三人が残りを預かっている。

というのが、焦りまくるアネットの説明だったが……

「聞いていたのと人員数が違います。失礼ですが……現在、クランハウスにヒーラーの方はいらっしゃらないという事でしょうか？」

そこでアネットは眉を寄せ、険しい表情になった。

「……」

アネットは、一瞬だけ考え込むように視線を伏せ、次の瞬間には怒りを露《あらわ》にして俺を睨み付けてきた。

「……あんたがヤブだって言ったんじゃない。二人共クビにしたわ」

アホかこいつら、というのが俺の感想だったが、口に出してはこう言った。

「それは、思い切った事をなさいましたね」

「……」

返事代わりに、にっこり笑ってみせたアネットだったが、その額に青筋が浮かんで見えるのは気のせいじゃない。

つまりこういう事だ。オリュンポスのクランリーダー、アレックス率いる五人のパーティは、現在、回復役《ヒーラー》抜きでダンジョンアタックをやっている。

ダンジョンに行った事のない俺には、ダンジョンの危険性はわからない。だが、安全な場所ではないだろう。そこにヒーラーという命綱なしで突っ込むそいつらを、アホと呼ばずして、なんと呼べばいいのかわからない。

「すみません。それでは、副リーダーのような方はいらっしゃいますか？」

じっと睨みを利かせていたアネットだったが、そこで、ふいっと視線を逸らした。

唇を尖らせて言った。

「私よ。アレックスが留守の時は、私がクランのサブマスターとしてここを仕切ってるわ」

「そうですか。それでは、大変失礼ですが、一つ質問してよろしいでしょうか？」

その言葉を受け、アネットは険しい表情で腕組みして俺に向き直った。

『腕組み』は警戒のポーズだ。心理的な強い警戒を表している。

……知ったこっちゃないが。俺は誤解のないように、はっきりと言った。

「アレックスさんは、アホなんですか？」

「……」

あまりといえば、あまりの言葉にアネットはぽかんとして——次の瞬間、腹を抱えて大笑いした。

「あはははは！　ちょっ、やめてよ！　幾らなんでも酷いじゃない！　そんなにはっきり言う事ないわよ‼」

まぁ、アネットの場合、幾らヤブとはいえ、ヒーラーという命綱なしでダンジョンアタックするほどの命知らずではないからここにいる。それを知った上での俺の言葉は、大いにアネットの笑いを誘ったようだ。

摑みは完璧。アネットはひとしきり笑い続け、その後は険のない朗らかな笑顔を浮かべた。

「オリュンポスへ、ようこそ」

「はい。ありがとうございます」

さてさて、筋肉ダルマは脳みそまで筋肉でできていたようだ。

そういうヤツは苦手だ。追い詰めると足し算も引き算もできなくなる。俺としては、常識人のこのアネットの方が与《くみ》しやすいように思う。

「それでは、アネットさん。私のお仕事についてお話ししましょう」

さて——あの筋肉ダルマにやられた分は、しっかりやり返しておかないとアビーに合わせる顔がない。

俺は、にっこり笑った。

俺は一つ咳払《せき》いして居住まいを正した。

「それでは、アネットさん。前任のヒーラーの方が使っていた部屋を見せていただけますか？」

「……いいけど、何もないわよ？」

俺はこの面白くもない冗談に笑った。

「まさか、そんな筈はないでしょう。色々と持っていた筈ですよ」

「……そうなの？　見た事ないけど……」

「すみません。それは、このクランハウスを出ていったから、という意味でしょうか？」

「……いや、そういうのは関係ないわ。何かあるの？」

「……」

俺は押し黙った。

冒険者としてはまともなアネットだが、癒者の事は何も知らないように見える。

「……ダンジョン内で神力が切れた時はどうしてるんですか？」

「……それなら、聖水を飲むけど……」

「聖水？　あんなもん飲んでどうするんです。砂糖水でも飲んだ方がまだ気が利いて……失礼」

この無知加減に、つい地が出そうになった。俺はまた咳払いして、居住まいを正した。

「……確かに聖水は便利です。結界を張ったり、幽体を祓う事もできます。飲めば神力も多少は回復するでしょう。でも、その回復量でまともな術を行使するつもりなら、風呂桶いっぱいは飲まないと無理です……」

「え？　そ、そうなの？」

「……」

話すのがダルくなってきた。

「あれは身体を洗ったり、普段の飲み水に使ったりするものでしょう……」

そこでアネットは目を見開いた。

「聖水を⁉︎　ウソ！　あんた、無茶苦茶金持ちなの⁉︎」

「……あんなもの、ヤブの癒者でも簡単に作れるでしょう……」

聖水作りは神官の基本中の基本だ。ディートハルトの力は関係なく、なりたての俺にだって簡単に作れる。

「そ、そんな事言ったって、ウチの癒者には作れなかったわ……」

「神官も癒者も母《アスクラピア》の加護を受けている事に違いはありません。母はしみったれていますが、恥知らずじゃありません。毎日の祈りを欠かさなければ、それぐらいの事は……」

……話が長くなりそうだ。

「……ここで立ち話もなんです。落ち着いて話せる場所はありませんか……？」

まだ、このオリュンポスのエントランスに入ったばかりだ。

「あ、ご、ごめんなさい。サロンはあっちに――」

「――仕事の話ができる場所で頼みます」

俺は呆れて溜め息を吐き出した。

その足で、このオリュンポスに所属していたというヒーラー二人の部屋を見て回ったが、アネットの言う通り何もなかった。あったのは空の酒瓶とか、ベッドやクローゼットのような家具と、生活感が漂う物の残骸があるだけだ。何かしらは残っているだろうと思っていたがアネットの言う通り、本当に何もなかった。

そこには、俺が思う、回復役《ヒーラー》として必要と思われる道具が、何一つなかった。

「……アレックスさんはアホかと思いましたが、案外キレますね……」

ヒーラーを全員クビにしたのは正解だ。思い切りのいいただの脳筋だと思ったが、そうじゃない。

アネットの先導で向かった多目的室では、ほぼ尋問に近い質問を繰り返した。

「傷薬やポーションもありませんね。どこかに保管場所があるんですか？」

その質問に関して、アネットは自慢げに笑って答えた。

「それはルーキーが使うものよ。ウチには一つだってないわね」

駄目だ、こいつ。早くなんとかしないと……

「だから、ヒーラーの神力が切れた時はどうしてるんだって言ってるんです。俺にしてもそうですが、神力ってのは無限にあるもんじゃないんです」

俺の場合、裏に『ディートハルト』という存在がある為に異常な回復の早さがあるが、通常、神力はそんなに早く回復しない。

アネットは物知り顔で答えた。

「知ってるわよ。それぐらい」

「……ヒーラーが術を使えない時はどうするんですか？　怪我人は放っておくんですか？　その場合、神力の回復を待つのが定石になりますよね。その間、怪我人はうんうん呻いて待ってるんですか？　手遅れになったらどうするんです？　繋ぎになるものが必要ですよね」

馬鹿と話すのは疲れる。一気に捲し立てるうちに、俺はだんだんと腹が立ってきた。

「……いいか、とんがり耳。一度しか言わんからよく聞けよ。ポーションだの傷薬だの毒消しだのは嵩張《かさ》るからな。嫌うのはわかる。だがこれらはちょっと勉強すりゃ、誰にでも作れるし、誰にでも使える。この利便性を理解できないヤツは救いようのない馬鹿だ」

そもそも、お前のつまらんプライドに幾らの価値があるんだ？　お前自身や仲間の命に見合う物なのか？　と、続けようとしたところで、ゾイが俺の口に伽羅の破片を突っ込んだ。

「…………」

僅かな甘味。ハッカとはミントの和名だ。爽やかな匂いが鼻腔を突き抜けていく。俺は……。

「……失礼しました」

「……」

俺が正気づいた時、アネットは口をへの字に曲げ、目に涙を溜めていた。

「……アレックスさんが山師共をクビにしたのは当然の事ですね……」

おそらくだが……筋肉ダルマは、クランのヒーラー共が山師の類いだと知っていて使っていた。

これも少し考えればわかる事だが、ヒーラーがダンジョンに潜る事によって得る利益は少ない。アビーが俺にやらせたように、ダンジョンの外で待っていれば怪我人は山ほど来る。何も危険なダンジョンに入る必要はない。

……だが、俺を見付けて気が変わった。嫌な感じだ。まるで……

今、考えるべき事でない。俺は首を振って思索を追い払った。

ここから先の展開が俺の予想通りなら、のんびりしている暇はない。

「アレックスさんが帰るまでに、必要なものを揃えなければなりません。費用は全てそっち持ち。いかが」

「………………わかった……」

大人が一〇歳程度のガキにやり込められたからって泣くなよ……面倒臭い……。

俺は髪の毛を掻き回した。

とりあえず――

「一階に私専用の部屋を作っていただきたい」

「……」

アネットは赤くなった目元を擦りながら、それでも健気に笑ってみせた。

「……いいわよ。ウチのクランに来るつもりになったのね……」

俺は、アネットの顔目掛け、口の中で転がしていた伽羅の破片を吹き掛けた。

「誰がそんな話をした！　愚か者が！　怪我人が担ぎ込まれた場合、一番都合がいい場所は一階だろうが!!」

一刻も早い処置が必要な場合、怪我人をあっちこっちに運んでいる余裕なんてない。運び込まれた怪我人の数や症状によっては、一階エントランスは地獄になるだろう。その為、一階にはヒーラー専用の道具や薬を保管したり、怪我人を収容する為のスペースが必要だ。

そう考えての発言だったのだが……。

「とんがり耳、命をなんだと思っている。ナメるのも大概にしろ……！」

「な、何よ、あんた。そんなに怒る事はないじゃない……！」

とうとうアネットは泣き出した。

益々苛立つ俺に、そっとゾイが新しい伽羅の破片を差し出してきたので口の中に放り込む。

爽やかなハッカの香りは、いつだって俺を落ち着かせてくれるから……

「…………アネットさん。少し忙しくします。今、クランハウスにいる全員をここに集めてくれませんか……」

とんがり耳の無知無能と命知らずの筋肉ダルマのお陰で、ここからは想像を超えて面倒臭い話になるかもしれない。

格好付けてる場合じゃない。

俺は死人も怪我人も大嫌いだ。プライドのようなものは、ひとまずどこかに置いておく。

そんなものは後で充分取り戻せる。何もなければ、何もないでそれでいい。それが一番いい。俺一人が笑われればそれで済む。そんなものは取るに足らん。

◇◇◇

我が子よ。

時間は有限である。

想像される危機は、いつか確実に起こり得《う》る困難である。

時間あるうちに備えよ！

必要なら名誉も財産もなげうってしまえ!!

困難を乗り切ったとき。

それらは後から付いてくるだろう。

《アスクラピア》の言葉より。

◇◇◇

クランハウス『オリュンポス』。その多目的室にて。

普段はここ、多目的室でダンジョン攻略の打ち合わせやパーティの組み合わせ。その他には連携や報酬の分け前なんかが話し合われるそうだが、今は——とんがり耳のアネットを前に、俺は頭を抱えていた。

アネットの呼び掛けに応じて現れたのは、まず、手癖の悪そうな猫人《ワーキャット》の男。

猫人の特徴と言えばエヴァのような姿勢の良さだが、こいつは少し背中が曲がっていて目付きも悪く、野良猫のような雰囲気が付きまとう。根性も悪そうだ。

「ほお……お前がアレックスの言ってたディートか。まだガキとは聞いてたが……」

「はい、ディートハルト・ベッカーです。以後お見知りおきを」

名乗ってみたものの、向こうからの名乗りはない。

まぁ、今の俺は一〇歳程度のガキだ。実績も見せずに、一人前に扱えというのはいかにも厚かましい話だ。気にしない事にしておいた。

ついで深緑色の髪の女。こいつの耳も尖っているが、アネットとは少し雰囲気が違う。えらく顔立ちが整っているのは同じだが、俺を見て、ずっと眉間に険しい皺を寄せている。

「ディートハルトです。貴女《あなた》は……」

「……」

そして何も喋らない。とんがり耳二号は何も喋らない。口が利けないのかもしれない。

他にはメイドが三人。全員が猫人《ワーキャット》で姿勢が良く、物腰に品がある。スタイルのいい猫人は、金持ち連中からは人気のある種族だ。そういう人材を集めたのだろう。

まあいい。人物評定は後だ。俺は最悪の事態に備えて口を開いた。

「現在、アレックスさんたちは回復役《ヒーラー》抜きでダンジョンアタックをやっています」

「知ってるよ。馬鹿なヤツらだ」

とは野良猫の談。俺もそう思う。

「……」

とんがり耳二号は、眉間の皺を一層深くしただけで何も喋らない。

「……私は、アレックスさんからの依頼で、この『オリュンポス』の回復役《ヒーラー》として雇われました。最悪の事態に備えて、クランの皆さんのご協力を頼みたいのですが……」

野良猫が顎を擦りながら言った。

「幾らアレックスのヤツでも、回復薬ぐらいは持ってる筈だから、特別構える必要はねえんじゃないか？」

「それなら、それでいいんです。その時は私を悪く言って構いません。問題は、そうでなかった時です。一刻を争うような怪我人が出ていた場合の事です」

「……ふむ。まぁ、可能性はゼロじゃねえな」

見た目によらず、野良猫は物わかりがいい。だが、言外にこうも言っている。

ダンジョン慣れしたアレックスのような上級の冒険者でも、不測の事態は有り得る、と。

とんがり耳一号も二号もそうだが、この野良猫も、その不測の事態を嫌ってクランハウスに留まっている。この三人は良く言えば賢く、悪く言えば臆病とも取れる。冒険者として最高の資質がなんなのか知らない俺にはなんとも言えないが、個人的には好感が持てる。

挑戦意識が先走るあまり無謀とも取れるダンジョンアタックを敢行するアレックスと、安全マージンを確保しつつ堅実な探索を行う三人。

そこで、漸く口を開いた二号がこんな事を言った。

「……別にいいんじゃない？」

「わかりました。二号さんは、私に協力するつもりはないと解釈してよろしいでしょうか？」

「うん。そんな簡単に死ぬヤツは、オリュンポスにはいらない」

俺は驚かなかった。ある程度以上の個性が集まる集団には必ずこういうタイプがいる。

二号は個人主義だ。協力を引き出すには対価が必要。

「そんな事より、アネットの足のこぶを取ったって聞いた。私はその話の方に興味がある」

「はい。それがどうかなさいましたか？」

俺は二号の話に辛抱強く耳を傾ける。

この手のタイプは面倒だが、一度味方に付けてしまえばメリットは大きい。

「ガンって何？」

個人主義。更には自己中心的な性格。こいつ……エルフだ。エルフと言えばとんがり耳
一号もそうだが、雰囲気が全然違う。何故だ？

「……悪性腫瘍の事です。または悪性新生物とも言います」

「あくせい……しんせいぶつ……？」

個人主義者を動かすにはわかりやすいメリットが必要だ。

俺は自らのものと母《アスクラピア》から授かった知識を元に、この世界の『がん』について説明した。

「……ダンジョンのモンスターが、外のモンスターと違う事は知っていますね？」

「ダンジョン外に出ると消える？」

「そう。ただし、多量の魔素を帯び、受肉したものはそうでない。魔核を持つモンスターがこれに当たります」

まぁ、モンスターには色々とある。こと『魔素』の存在するダンジョンに関しては説明が本当に面倒臭い。

「……通常、ダンジョンのモンスターはダンジョン外では消滅してしまいますが、ダンジョン外でも唯一存在できる場所があります。それは……」

「私たちの体内」

「……っ！」

二号は理解が早く賢い。そして、この手のタイプに言葉を尽くして説明する必要は少ない。

小さく呻いた二号は途端に動揺し、目を右に左にと泳がせ始めた。

ダンジョンアタックを繰り返す以上、怪我は付き物だ。目の前の二号にも当然古傷は存在する。そして賢い二号には、『こぶ』に思うところがある。

「……アスクラピアの神官は、特に問題ないって言った……」

……『教会』とやらに所属する、俺以外の神官の事だろうか。俺は俺以外の神官については全く知らない。

「そうですね。嘘は言ってないですよ」

こぶが良性であるうちは、そうだ。放置しても問題ない。ただし、ダンジョンアタックで多量の『魔素』に晒《さら》される環境では悪性のものに変化しやすい。

「………」

母《アスクラピア》の声が聞こえる。

「……私たちの存在によって、貴女たちの寿命が延びるという事はありません。人は皆、天が定めた命数を生きるのです。その定められた命数を達者に過ごすのか、それとも傷付いた獣のように惨めに過ごすのか。その点に於いて、私たちには大いに存在意義があります」

「………………」

まず、野良猫が鼻白んだ。軽く唇を舐め回し、改めて俺に刮目《かつもく》する。

「……マリエール。今の見たか？　こいつ、ガチもんだ。アレックスが惚《ほ》れ込む訳だ……」

なんだ？　俺は何かしたか？

「……エンゾだ。先生《ドク》、あんたを認める」

遠造《エンゾ》と名乗った野良猫が手を差し出して握手を求めてきたので受け入れる。

「ありがとうございます、遠造さん……？」

まだ何もしてない。俺は、母《アスクラピア》の言葉をそのまま口にしただけだ。それでも遠造は俺を認めるという。

「――――！」

そこでハッとしたように震えた二号が、だぼだぼのローブの袖から細っこい腕を突き出して、こちらも握手を求めてきた。

「先生《ドク》、改めてオリュンポスにようこそ。私はマリエール・グランデ。魔術師よ」

「はい、ディートハルト・ベッカーです。改めて、よろしくお願いいたします」

無難に挨拶を交わしながら困惑する俺の前で、アネットだけは当然というようなドヤ顔で、うんうんと何度も頷いている。

遠造が言った。

「それで、俺たちは何をすればいいんだ？」

「……」

一号も二号も真剣な顔で俺に頷き掛けてくる。

個人主義者というのはいつだってそうだ。己の利に聡《さと》く、信頼を得られれば話は早い。

……まぁ、それも信頼に応え続ける場合に限っての事だが。……とりあえず、『準備』を進める形にはなった。

まず、俺は言った。

「根っこごと、ギリザリス草を用意してください。なるべく多く。多ければ多いほどいいです」

「ギリザリス草？」

「川辺に生える草です。一年中、どこにでもありますよ」

「そりゃ雑草じゃねえか。何に使うんだ？」

「それだけでも効果はありますが、色々な薬の基本的な素材になります。毒消し、傷薬、増強剤……中間剤として非常に有用です」

「知らねえ。聞いた事もねえ。それに毒消しや傷薬なら、買った方が早くねえか？」

俺は遠造の言葉にカチンときた。アネットもそうだったが、この遠造は遠造で、『薬』について知らな過ぎる。

「……遠造。確かにお前の言う通りだが、それは薬師が売ってる高価な代物の事だな。その辺に生えてる雑草で似たような物が作れるのに、お前は敢えてそうするのか？」

様子の変わった俺に、遠造はやや怯んだように肩を竦めた。

「あ、いや……それは……」

「そもそもが買ってきたもので済ませるのなら、俺がいる必要はない。山ほど薬を買い付けてダンジョンの入口に行くといい。筋肉ダルマは喜ぶだろう」

「筋肉ダルマって……」

苦笑する遠造と俺の会話に、アネットが肩を震わせて笑っていた。

冒険者ギルドに所属するクラン、『オリュンポス』のギルドランクはA。言うまでもなく、このクランに所属する人材のレベルはそのメイドに至るまで軒並み優秀だ。

「遠造、さっきああは言ったが、お前の提案には一理ある。緊急の事態に備え、薬師から幾つか購入するといい。何を買うかは任せる。だが買い過ぎるなよ。あくまで急場に備えてのものだ」

「お、おう。わかった。すぐ買ってくる」

遠造は辟易しながらも、たちまち多目的室から出ていった。

「……！」

続いて二号……マリエールが、グッと目に力を入れて俺を見つめる。

俺は、味のなくなった伽羅の破片を吐き捨てた。

「……二号。お前は……」

「さっきから二号、二号って、なに？」

二号が訝しむような視線を俺に向けたところでゾイが飛び出し、慌てて俺の口に新しい伽羅の破片を放り込む。

「失礼。マリエールさん」

爽やかなハッカの香りで頭がスッキリする。鼻腔を突き抜ける冷たい香りはいつだって静寂を思わせるから……。

「マリエールさん。マイコニドの胞子に蓄えはありますか？」

マイコニドとはダンジョンに生息するキノコ型のモンスターの事だ。討伐レベルは……知らん。まぁ強くはないだろう。こいつの胞子には誘眠効果があって、魔術の媒体にも利用されるが、麻酔薬の調合にも使われる。

「持ち合わせがあれば、全部頂きたい。代金は全てアレックスさんに」

「了解した」

優秀な人材だけに、一度理解を得てしまうと話は驚くほど早い。マリエールは即座に席を立ち、部屋から出ていってしまった。

「アネットさん。貴女は、さっき言ったギリザリス草を集めてきてください」

「……えっと、ギリザリス草？」

「川辺に生える草です。紫色の花を咲かせます。根っこごと採って、土はなるべく落としておいてくれれば助かります」

アネットは自信なさそうに視線を逸らし、小さく頷いてみせた。

「……えっと、うん。紫色の花……川辺に生えるやつね……」

「……」

おっと。ここに優秀じゃない奴がいたようだ。

さてどうするか。ギリザリス草は薬の素材としては効果が薄いものの、優れた汎用性があり、中間剤として非常に便利な代物だ。それだけに、間違えましたじゃ済まない話だ。

やむを得ん。俺が……と思い立ったところでゾイが言った。

「……ゾイ、ギリザリス草なら知ってる。生えてる場所も知ってるよ……」

「なんて事だ……！」

さっきからずっと思っていたが、この場で一番賢いのは、このドワーフの少女だ。

俺は思わずゾイを抱き締め、額にキスして強い祝福を与えた。

「わっ！」

驚いて悲鳴を上げたゾイの身体がぴかりと光り、まるで鱗粉《りんぷん》のような小さい星が辺りに散った。

「……」

周囲に漂う星は暫くその場に留まり、やがてゾイの身体に吸い込まれるようにして消えていく。

「あ……」

ゾイは頬を染め、暫くぽうっとしていたが、役目を思い出したのだろう。もぎ取るように俺から視線を離すと、アシタの手を引いて部屋から出ていってしまった。

アネットがぼんやりと言った。

「幸運の付加《エンチャント》……？」

「知らん」

続いて雑多な代物は三人のメイドに言って準備してもらう。

「赤石と青石を、とりあえず三つずつ。あとは針を……なるべく多く。まち針で構いません。それと、もっと太い針も欲しいです。暗器に使う『鉄針』の事です。わかりますか？」

賢いメイドたちは頷くと、それぞれの役目を果たす為、足早に部屋を飛び出していった。

さて……役立たずと二人きりになってしまった訳だが……

何故かアネットは興奮していて、顔を真っ赤にしていた。

「ね、ねえ、あんたって祝福《ブレス》も使えるの？」

「……私は神官です。未熟な身の上ですが、あれぐらいはできますよ……」

まぁ、一言で祝福と言っても種類は色々とある。身体能力向上の祝福や神事に使うようなものも含めればその種類は多岐に亘る。

「私にもしてよ！」

「お断りします」

「お金なら、別に払うからさ！」

「……お金？　はて、お金……ふむ……」

勿論、俺は金で祝福を切り売りするような守銭奴ではない。だが、金と聞いて大切な事を思い出した。

「とりあえず、今日は銀貨で二〇〇枚もらっておきましょうか……」

まあ、アビーとも約束している以上、それぐらいはもらっておかないとメシ炊きにされてしまう。それに、これから俺がやる事を考えれば妥当な要求だろう。

「もし、怪我人がいた場合は……その怪我の具合にもよりますが、追加で銀貨一〇〇枚。場合によってはそれ以上も考えておいてください」

アネットは固まった。

「い、一日で銀貨五枚って話だったじゃない……」

勿論、俺は笑い飛ばした。

「あっはっは！　そんな小銭で済む筈がないでしょう！」

もし『教会』に所属する神官に同じ事をさせるとしたら、どうだろう。対価はわからない。でも、俺が要求する額面よりずっと高価なものになるとは思う。

そもそも、俺は筋肉ダルマに思う事が多々ある。

ヤツはそうなると知っていて、アビーの集団に不穏の種をばらまいた。

アネットがポツリと呟いた。

「で、でも、契約は契約で……」

「私としては、その契約はこのクランに来た事で達成されたと考えています」

何せ神官《おれ》の時間を『拘束』するのだ。銀貨五枚は安過ぎる。そこまで価値は低くない。

そして、俺は俺自身を安売りするような馬鹿じゃない。

「話が違うわ……！」

アネットが険しい表情で睨み付けてくる。

なるほど。そこは譲れないところのようだ。では、仕方がない。

借りはキチンと返してもらわないと、親愛なる母《アスクラピア》にも呆れられてしまう。

俺は言った。

「それでは、誰かに死んでもらいましょう」

アスクラピアの二本の手。一つは癒し、一つは奪う。

「この場合、契約を結んだアレックスさんですね。アレックスさんの命で手を打ちましょう」

母《アスクラピア》の力は癒しだけじゃない。母《アスクラピア》はしみったれていて、復讐が大好きだ。

俺は寛容に請け合った。

「アネットさん、心配しなくても大丈夫ですよ。痛くしません。アレックスさんは眠るように旅立つでしょう」

俺には『無欲』の戒律がある。だから金には固執しない。だが、安く使い回されて笑う頭お花畑のボランティアでもない。

そもそも筋肉ダルマにはケジメを付けさせるつもりだった。丁度よかっただけの事だ。

アネットは悔しそうにギリギリと歯を食い縛り、俺を睨み付けている。

「あんたみたいなガキに、アレックスを殺《や》れるとは思えないわ……！」

「そうですね。アレックスさんが生きていれば、今日のお代は銀貨五枚で結構です。試してみましょう」

俺の見立てでは、筋肉ダルマの呪術に対する抵抗値はそんなに高くない。高い確率で死ぬだろう。

——死の言葉。

これは呪術の類いだが、同時に祝福ともされる。

死は全ての困難からの解放である。斯くして、母の手は奪い、与えたもう。

まず、即座に帰ってきたのは三人のメイドたちだ。

俺はメイドから受け取った青石三つに強い祝福を施して大量の聖水を作製した。

「……それ、全部聖水なの……?」

俺は黙っていた。

言うべき事は全て言った。あとは俺の仕事に、それだけの価値がある事を証明するだけだからだ。

続いて帰ってきたのは遠造だ。流石に早い。怒りに震えるアネットはその遠造に告げ口するように耳元で何か言っていたが……遠造は個人主義だ。

「なぁ、先生《ドク》。その青石の中身は、全部聖水なのか?」

「そうです。これでギリザリス草を煮込んで成分を抽出します。夕方には間に合わせたいですが、赤石の数が足りません。赤石を追加できますか?」

「やれ」

遠造が短く言って、メイドが即座に部屋を飛び出していく。どこかの誰かとは大違いだ。

そのメイドたちの背中を静かに見送り、遠造は言った。

「先生《ドク》、後で話がある。アレックスの件が片付いてからでいい。聞いてくれるか？」

「私で良ければ伺います。こぶの話ですか？」

「それもある」

落ち着き払った顔の遠造は、アネットに見向きもしない。言った。

「先生《ドク》。ここまでの仕事だけで、あんたの仕事は金貨五〇枚の価値はあるよ」

遠造はこう言っている。

アレックスが死んでも問題ない。

この遠造の価値観とマリエールの価値観が同じなら、マリエールもきっと同じ事を言うだろう。

（なるべく、金で済ませたいんだが……）

筋肉ダルマの命にそこまでの価値はない。気分の問題。それだけだ。

回復役《ヒーラー》として最低限の道具を集めている間、暇を持て余した俺は遠造の具合を診てやっていた。

遠造は『ローグ』のクラスを持っていると言っていたが、『クラス』に詳しくない俺にはそのローグとやらの事はわからない。

遠造の傷は……どれも治っていて古傷と呼ばれるものだが……その殆どが上半身に集中していた。

なお、マリエールは袋いっぱいのマイコニドの胞子を持って戻ってきており、胞子はメイドの手によって聖水で煮詰める作業に入っている。

「沸いたら布で濾してください。胞子だけ取り除くんです」

アネットよりメイドの方が役に立つ。三人のメイドはガキの俺の指示にも不平を言わず、てきぱきと作業を進めている。お陰で遠造を診てやれる訳だが……。

遠造の上半身には、ざっと診て二二か所もの『こぶ』が散見された。

「遠造、数が多過ぎる。この分じゃ下半身にもこぶがあるだろう。全部取るには時間が掛かる。暫く探索は休めるか？」

「マジかよ。どれぐらい休めばいい？」

「まぁ……一〇日は見ておけ」

「あ？　そんだけかよ」

「どれも良性だからな。そんなもんだ。それより、先に足の裏にある魚の目を取ってやる。辛《つら》いだろう」

「ま、マジか⁉　あれ結構痛くてよ……」

早速、マイコニドの胞子を煮詰めて作った麻酔薬に針を浸し、その針を遠造の足に打ち込む。

「最初はチクッとするぞ」

「屁《へ》でもねえ。やってくれ」

作ったばかりの麻酔薬は上手く働き、遠造は足の裏の魚の目を取り去る施術の間、鼻唄を歌っていた。

「で、先生《ドク》。幾らだ?」

「こぶの方ならもらったがな。俺は守銭奴じゃない。こんな遊びで一々金を取るか」

「……」

治療を受けている間、遠造は上機嫌でニヤニヤ笑っていた。

そして――どうもいかん。何故か遠造に対しては地金が出てしまう。

ビジネス。こいつはビジネスだ。難しく考えていると、大人しく治療の光景を見ていたマリエールが不平を鳴らした。

「エンゾばっかり、ズルい」

「マリエールさんの方は、あとで全身、裸に剝いて診てあげますよ」

クソみたいなセクハラ親父ギャグをかましたつもりだが、マリエールは嬉しそうに笑った。

「そうしてくれると助かる。あと、アレックスの件が片付いてからでいい。大事な話がある」

「……」

突っ込みがないのは寂しい。小さく溜め息を漏らすと、それを見た遠造が吹き出した。

「なぁ、先生《ドク》。アレックスの三倍出すから、俺に付くってどうよ?」

「そういう話はアビーとしてくれ」

「アビー?」

「俺の親分だ、って……何も聞いてないのか?」

俺は少し考え……中身が異世界人である事を話す訳にはいかないが……今置かれている境遇について虚実を交え話す事にした。

まず、孤児である事。俺、『ディートハルト・ベッカー』はこの街を囲う城壁の外に捨てられていた。

その俺を拾ったのが『アビー』だ。この辺りは地獄みたいに冷える。アビーがいなければ、俺は朝を迎える事なく死んでいただろう。己の勢力を拡大する為とはいえ、縁も所縁《ゆかり》もないガキを拾って面倒を見る。それがアビー自らの為とはいえ、俺が命を拾われた事に間違いはない。

「……一宿一飯《いっしゅくいっぱん》の恩ってやつか?」

遠造は、俺の話に一定の理解を示したようだ。ふむふむと納得したように頷いた。

「義理堅いな……」

「母は無頼と忘恩とを嫌う。これは非常に大きい事だ。何せ、その時の俺は、自分の事を何一つわかってなかった」

「……そりゃどういう意味だ？」

「その時の俺は、正真正銘、なんの力も持たないただのガキだった」

「……」

そして、ここからは謎が多い。アビーがアダ婆を殺してしまった訳もそうだが、俺自身が得た『神官』というクラスについての事。

……おそらく、この世界の人間である遠造なら、俺の疑問に答える事ができるだろうが……今、話すべき事じゃない……。

俺は用心深く……幾つかの事実を濁して話した。

「……暫くして会った『宣告師』に、『神官』である事を告げられた。その直後、母《アスクラピア》のお告げがあって、三日寝込んだ……」

遠造は、ぎょっとしたように改めて俺を見た。

「……三日も？　そりゃ長過ぎる。よっぽど『刷り込まれた』な。ガキのくせに博識な訳だ」

「……」

またわからない事が増えた。

『刷り込まれた』とはなんだ。母《アスクラピア》のお告げを受け、寝込んでいる間、俺はいったい何をされた。俺自身に説明の付かない知識はここからやってきたのか。時折、母《アスクラピア》の言葉が脳裏に浮かぶ事とも密接に関係しているのだろうか。

「…………」

様々な疑問が脳裏に閃いては消えていく。

「……どうした、先生《ドク》」

それらは既に起こってしまった事であり、もうどうにもならない事でもあった。

俺は軽く首を振った。

「いや……取り急ぎ、足の方は見ておいた。調子はどうだ？」

「すっきりしたぜ。悪くねえ」

遠造曰く、足の裏にある魚の目は、特別治療を受けるような症状ではなかったが、時折痛み、癪《しゃく》に障る。目の上のこぶのような存在だったらしい。

「……神力を使った治療はしてない。傷には薬を塗ってあるだけだ。二、三日、全力疾走は避けろ」

アレックスたちに何かあった時の為に神力は温存する必要がある。その為、この場での治療は簡易なものに限られる。

遠造は肩を竦めた。

「へいへい……」

「明日も様子を見せに来い。処置ぐらいはしてやる」

『魚の目』は、重症化すれば割とキツい症状だ。遠造の場合、そこまで酷い症状ではなかったが、治療後の今は右と左の足の裏に、計五つの穴が開いている。

「明日も診てくれるのか？」

「……一応、このクランの専属という事になっている。大した手間でもないし、こぶの方も気になる。早くすっきりしたいだろう」

「……」

俺の言葉に、遠造とマリエールの二人は揃って複雑な表情を浮かべた。その表情に悪意は感じない。だが、なんというか……

「先生《ドク》、あんた、放っといたら早死にするタイプだな」

その言葉に同調するように、マリエールも深く頷いた。

「……五徳ってやつ？」

驚いた事に、マリエールは神官の『五徳』を知っているようだ。

「まあ、そんなところだ。でも嫌々やってる訳じゃない」

『慈悲』『慈愛』『奉仕』『無欲』『公正』。俺を縛る五つの戒律。不自由に思った事はない。不満も感じない。力には代償が必要だ。

「……自然にこなすのがコエーな……」

「うん、何か言ったか？」

「……」

またしても遠造が呆れたように肩を竦めたところで、ゾイとアシタの二人が袋いっぱいにギリザリス草を摘んで帰った。

「よし、そいつも鍋にぶち込め。茎がしんなりして、茶色になるまで煮込むんだ。あとはマイコニドの処理と変わらん」

俺の言葉を受け、メイドが即座に動く。ゾイたちが持ち帰ったギリザリス草は厨房《ちゅうぼう》に運ばれ、適切に処理される。

「あと、ルドベキア草とフロックス草はどうなっている」

「傷薬と毒消しだな。そいつは、今、買いに行かせてる。夕方には間に合う」

流石にAランク。見た目こそ野良猫の遠造だが、文句は言わないし、仕事は無茶苦茶早い。人を使うのにも慣れている。

「よし。掛かった金は全て筋肉ダルマに付けておけ」

そこで、成り行きを見ているだけだったアネットが漸く口を挟んできた。

「それにしても、銀貨二〇〇枚は法外だわ！」

そこに理由がない訳じゃない。俺は鼻を鳴らしてせせら笑った。

「知らんのか。初診料ってやつだ」

「ショシンリョウ？」

法外でもなんでも、筋肉ダルマには必ず代価を払わせる。面倒を起こした代価を払わせる。その対価が金になるか、それとも命になるかは筋肉ダルマの選択による。

それにしても……嫌な予感がする。

物事には法則と順序がある。予想外に物事が上手く運ぶ時、それはなんらかのトラブルが起こる予兆である場合が多い。何もなければいいと思う。今、やっているのは命を救う為の準備だ。準備だけで終わるなら、それが一番いい。

失った金は、また稼げばいい。だが、命はそういう訳にはいかないのだから。

◇◇◇

全ての準備は上手く運んでいる。

毒消し、傷薬、麻酔薬。広範に及ぶ傷の治療に適したポーションの作製も終わった。傷を洗浄する為の聖水の準備もできている。……上手くいき過ぎている。

贅沢《ぜいたく》な話だが、なんだかそれが気に入らない。

落ち着かず、ふと視線をずらすと、長椅子に深く腰掛けた遠造がお行儀悪く煙草《たばこ》のキセルをふかしている。

「む……遠造、俺にも一口くれ」

この世界に来てからやってないが、俺は喫煙者だ。訝しむように俺を見る遠造からキセルをもぎ取り、そいつを一口ぷかりと吸《や》った。

「……なんだ、このゴミは。もっとましな物はないのか？　いっそ、そこらの雑草でも詰めてみたらどうだ」

困ったものを見るように、遠造は肩を竦めた。

「……先生《ドク》。あんた、本当にガキか？　あんたと話してると、なんだかいい年の男と話してるような気にさせられる」

それは当然だ。見掛けこそ小さいガキだが、中身はとうに三〇を超えたいい男だ。

「遠造、嗜好品には、もっと気を遣え」

一服入れれば気分が変わるかと思ったが、そうでもなかった。俺は遠造にキセルを押し付け、そっぽを向いた。

「……」

「どしたい、先生《ドク》。難しい顔しちまって……」

「別に……ただ、嫌な予感がするだけだ……どうしてもそれが抜けなくてな……」

そんなものは、ただの気の持ちように過ぎない。苦笑する俺だったが、そこで冒険者三人の顔付きが変わった。

まず遠造が言った。

「至急、ダンジョンの入口に向かう事を提案する」

「賛成」

次いで魔術師のマリエールが短く追従した。すると、報酬についてやかましく言っていたアネットすら賛同して、ソファから立ち上がるなり大声で叫んだ。

「大至急、薬と道具を一通り準備したバックパックを用意しなさい！」

「馬車を二台準備しよう。まずは先生《ドク》を送る事を優先する。薬は追っ付けという事になるが急がせる」

「薬の扱いなら、多少心得がある。私も先生《ドク》と一緒に行く」

腕利きの冒険者というのは、こんなものなのだろうか。

一変したアネットは忙しく指示を飛ばし、クランハウスは一気に騒々しくなった。

三人のメイドは忙《せわ》しなく動き回り、遠造は治療を施したばかりの足にきつく晒しを巻いている。

「先生《ドク》。ある程度の距離からは、馬より俺のが早い。担いで走るぜ」

「あ、ああ……」

困惑する俺に、メイドの一人が小さなバックパックを押し付けてくる。

「先生《ドク》、一応の準備は整えましたが、念の為、中をお検《あらた》めください」

「……」

バックパックの中には、針や糸、各種の薬品類。切開用の小刀や鉄針も用意されているが……。

「一つずつでいい。青石と赤石も入れておいてくれ」

「聖水は使い切っておりますが……」

「構わない。なんとでもなる」

聖水は水を祝福すればいいだけで、どこででも作れる。問題は『水』だ。水精に命じて水を作るのは『魔術』の領域だ。俺にはどうにもならない。

しかし……メイドが押し付けてきたバックパックは、なんというか、不思議なリュックサックだった。子供の俺でも背負える小さな物だが、内容量が妙に多く感じる。ファンタジーの代物だろうか。

「行くぜ、先生《ドク》」

言うや否や、遠造は小荷物でも担ぐみたいに俺の腰を持ち上げた。

その瞬間、これまでは見ているだけだったアシタが叫んだ。

「うわあああ！　待て待て待て待て待ってくれ!!　その格好で外に行くのだけはやめてくれ!!」

「あん？」

遠造は一瞬動きを止め、アシタの言う事など無視するかに思えたが、俺の格好を見て眉間に皺を寄せた。

「……確かに、まずい格好だな……」

『リアサ』の事を言っているのだろうか。確かにアシタやゾイもこの服には難色を示していたが……。

「この服、そんなに駄目なのか？」

遠造は、おかしなものでも見たかのように片方の眉を吊り上げた。

「……駄目って、そりゃそうだろう。そんな格好で町を歩いてみろ。速攻で教会に捕まるぞ」

遠造の言い方はまるで罪人に対するそれだったが、勿論、俺は罪人じゃない。盗みも殺しもやってない健全な孤児だ。

「教会に？　何故？」

「何故って、そりゃ先生《ドク》、あんたぐらい――」

答えようとする遠造を遮るように、アシタがまたしても悲鳴を上げた。

「うわあああ！　うわあああ！」

「やかましい。話が聞こえ――」

アシタを窘《たしな》める俺の口にゾイが新しい伽羅を突っ込んできて、俺は黙り込んだ。

「むっ……！」

ツンと鼻を突き抜けるハッカの香りがなんとも言えず甘美だ。特に最初のキック力が最高に素晴らしい。

「ふむう……」

深く呼吸を繰り返す俺を横目に、遠造は小さく咳払いして、メイドに外套《がいとう》を用意するように命じた。

フードが付いた暑苦しい魔術師のもので、それを着ても襟が見えているとアシタの奴が騒いだが、俺は何も言わなかった。

アビーやアシタが、都合の悪い事実を隠している事はわかっている。そして、その都合の悪い事実には『教会』が関係している。もっと正確に言うならば『教会』と『神官』の繋がりが関係している。

「……ディ！　あんたもなんとか言ってくれ！」

「断る。何故、俺がお前の都合に合わせなければならない」

そして、俺……『神官』ディートハルト・ベッカーは無駄なお喋りを好まない。

「……」

焦るアシタに冷たい視線を送ると、ゾイの視線は俺とアシタとの間で激しく揺れ動いた。

俺は言った。

「お前は、いずれ決断せねばならない。

この地には多くの道があり、多くの場所に通じている。しかし、最後に辿り着く場所は全て一つだ。そこには大勢で向かう事ができる。恋人と向かう事もできる。友人と向かう事もできる。

だが、最後の一歩は必ずお前一人で踏み締めねばならない。

だから、一人で往《い》くという事に勝る知恵も能力も、世界中のどこにも存在しない」

俺の言葉にこの場の全員が押し黙る。

言葉とは不思議なもので、様々な立場の者に様々な形で突き刺さるようにできている。

神官の言葉が恐れられる由縁。

「では行くとしよう。闇の中に弾け鳴る死がこの耳に届かぬうちに」

そして俺は――いつだって独りでこの道を踏み締めて往く。

母の戯《たわむ》れる指が、虚空に俺の名を描くその日まで。

だが、願わくば――

頭上に輝く清らかな銀の星が、新たなる道を指し示しますように。

【第七章】　女王蜂

砂の国、ザールランド。

高い壁を一つ挟み、北には死の砂漠が広がっている。

砂漠には『夜の傭兵団《ようへいだん》』っていうデカい傭兵団がいる。なんでも、『白蛇』って呼ばれてる白髪の男が仕切ってるそうだ。この『夜の傭兵団』は、一応、この国の支配下にあって『私掠《しりゃく》免許状』ってのを持ってるけど、あいつらが壁の中に入ってきた事は一度もない。あくまでも死の砂漠が夜の傭兵団のねぐらだ。

砂漠にはクソほどいる盗賊団とは違って、夜の傭兵団は比較的穏やかな連中だ。傭兵を名乗るだけあって、基本的には砂漠を往来する商団の護衛を中心に稼いでる。

だからだろうか。規模のデカい盗賊団や私軍を持つ大商団の中には、この『夜の傭兵団』を舐めて掛かる奴らがいる。国家に認められ、『私掠免許状』を持つ事の意味を知らない馬鹿な連中だ。

この日、トリスタンから来た大商団の一つが『白蛇』率いる『夜の傭兵団』に略奪された。

夜の傭兵団は穏やかな連中だ。通行証を持たない商団には通行料を要求するだけで、原則的に略奪はやらない。

でも舐めた野郎だけは別だ。通行証を持ってない。通行料も払う気がない。そんな連中相手には徹底的にやる。命も金も洗いざらい、全てを持っていく。

その日の晩は、血生臭い風が吹く夜だった。

あたしは壁の外に出て、その日の晩も戦場稼ぎ。夜の傭兵団が残したおこぼれを狙ってる。

壁の外には、いつだって死体が転がってる。砂虫《サンドワーム》と風が全てを持っていっちまうから、皆、砂漠になんでも捨てちまう。

そして——今夜は白蛇が捨てていった死体が山ほど転がっている。

これは態《わざ》とだ。時折、白蛇はこういう事をして残忍性を見せ付ける。舐めた野郎は許さないって見せ付ける。その白蛇が捨て置いた死体から装備を剝ぎ取って金に替える。これが結構馬鹿にならない稼ぎになる。

アシタとエヴァがもう少ししっかりしていれば戦場稼ぎに連れていってもいいけど、今は駄目だ。

アシタは考えなしで抜けたところがあるし、エヴァは賢いけど戦場稼ぎを舐めてる節がある。

そして当たり前だけど、戦場稼ぎをやってるのは、あたしだけじゃない。フランキーの奴だって来るし、大人の盗賊崩れみたいな連中もやってくる。時にはそいつらと獲物の奪《と》り合いになる事だってあるし、砂虫に襲われる事だってある。

戦争で死んだ親父の後を追うように、母さんが死んだ。薄汚い親戚連中は、まだガキだったあたしから家も財産も全てを奪って下町《スラム》に放り捨てた。もう一〇年も昔の話だ。当時は無茶苦茶恨んだけど、今は生きるのに精いっぱいで何も感じない。

あたしは『勘』がいい。戦争で死んじまった親父は、その『勘』を大切にしろっていつも言ってた。

あたしは、その『勘』を頼りに生きてきた。アダ婆の言うには、スキル『直感』。よくわかんないけど、先天的なもので、このスキルの所持者は大成する場合が多いそうだ。

その勘が言ってる。アシタとエヴァは、戦場稼ぎには向かない。壁の外に出たら死んじまう。

だからあの二人には留守を任せる事にして、あたしは専《もっぱ》ら外の仕事に励んでる。

その日、スラム街じゃ『夜の傭兵団』が久しぶりに略奪をやったってすげえ噂《うわさ》になってた。

あたしの勘が言ってる。

今日は、とんでもない『お宝』にありつけるから、いつも以上に気を張ってろって。

実際、その通りだった。『夜の傭兵団』は、舐め腐った大商団を一つ血祭りにして、出来上がった死体は装備を剝ぎ取る事なく壁の前に捨てていった。

見渡す限りの死体の山。砂漠を根城にする砂虫にあちこちかじられちゃいるけど装備は丸々残っていて、これを剝ぎ取りゃ一財産は確実。

「おうおう、アビー。テメーは今日も余裕こいて一人かよ」

そういうフランキーは、八人の集団で戦場稼ぎにやってきた。

中には年端もいかないガキも交じってる。盗賊崩れの大人とカチ合えば、待っているのは悲惨な現実だ。奴らはずる賢い。馬鹿な奴だ。自分たちで死体から装備を剝ぎ取るような面倒な真似はしない。あたしらガキに集めさせといて、それを横からかっ攫《さら》う。

その方が楽だ。あたしが奴らならそうする。奴らだってそうする。

「使えねえ奴が手下だと、親分は苦労するなあ」

忌々しい女だ。

フランチェスカ……通称『フランキー』。こいつのねぐらとあたしのねぐらは隣り合っていて、しょっちゅう小競り合いになる。そのうち、ドブに沈めてやるが、それは今じゃない。

あたしは、フランキーから逃げるようにして駆け出した。

今日はデカい仕事《やま》を踏む日だ。馬鹿に付き合ってられない。

そして今回、夜の傭兵団は、いつもより張り切ったようだ。

ざっと見ただけで、打ち捨てられた死体が五〇〇はある。そこらのチンケな盗賊団が格好付けでやるのとは規模が違う。

遠くから、宝の山だって叫ぶフランキーの声が聞こえた。

確かにそうだ。今回、夜の傭兵団の犠牲になった商団の連中は羽振りが良かったのか、見る限り死体の装備は整っている。剣は勿論、弓に槍、新品同然の鎧兜《よろいかぶと》に具足まで揃ってる。この分じゃ、懐には財布も残してあるだろう。それらを全て剝ぎ取れば、デカい稼ぎになるのは一目瞭然。ただし……

無事に持ち帰る事ができればの話だ。あたしもここで一稼ぎといきたかったけど、何かが違う。あたしが見付ける『お宝』は、こんなもんじゃないって気がする。

「……」

死体《これ》じゃない。

あたしは目を凝らして、特別な何かを探る。そして……

死体の群れに折り重なるようにして倒れ込んでいるあいつを見付けたんだ。

そいつはくすんだ茶色い髪のガキだった。年の頃は一〇歳前後というところか。胸が小さく上下している。まだ生きてる。しかもご丁寧に、凍死しちまわないように毛布まで掛けてあった。

『夜の傭兵団』は、妙に気のいいところがある。おそらく、まだガキだから見逃したんだろう。

これか？　こいつが、あたしの手に入れるべき『お宝』か？

あたしの勘は『そうだ』って言ってる。

少しばかり身なりはいいけど、それも下町《スラム》のガキに交ざれば時間を追って消えていく。

その程度のガキにしか見えない。あたしは一人だ。ガキといっても、そいつを担げば、戦場稼ぎは諦めなきゃいけない。マジックパックがあれば話は別だけど、そんな高価な代物は持ってない。

「……」

あたしは直感に従って生きてきた。その直感が告げる以上、今回もそうするだけだ。

今はもう珍しい『人間』のガキ。この辺じゃ、純血の人間は珍しい。実際に見るのは、あたしも初めてだ。

純血の『人間』は弱い。今は生きているけど、朝には冷たくなって死体の仲間入りしているだろう。

砂漠の気候は厳しい。少し震えている。あたしはそのガキを担ぎ上げ、その場を去った。

ねぐらに帰る途中、武装した盗賊崩れの集団と擦れ違ったけど、あたしがガキを担いでるのを見て、おかしなものを見るように顔をしかめていた。

「……あたしが持ってるのは、このガキとあたしの命の二つだけさ。持ってくかい？」

盗賊崩れの男は答えず、鼻で嘲笑《あざわら》って背中を向けた。

さて、大喜びで馬鹿騒ぎしていたフランキーは、何人の部下を失うだろう。

後で知る事だけど、盗賊崩れの集団に襲われたフランキーは、部下の半分を死なせた挙げ句、結局は戦場稼ぎの殆どを捨てて逃げた。

背中のガキからは、ほんのりと伽羅のいい匂いがした。

「……純血の人間、か……」

純血の人間は、殆どの種族と相性がいい。殆どの種族と子供を作る事ができる。それが原因で、今はもう滅びかけている種族だ。

あたしの集団《グループ》に男はいない。漠然と考えた。

「なら、将来はこいつとガキでもこさえようかね……」

いずれ。生きていればの話だ。

この背中に担いだガキが、あたしの『お宝』なら、そうなって当然の話だった。

◇◇◇

戦場稼ぎを諦め、ガキを担いで下水道のねぐらに帰ると大騒ぎになった。

ドワーフのゾイは小躍りして喜んだ。

「可愛い！　ねえ、アビー。ゾイが面倒見ていい？」

見る限り、新入りは一〇歳ぐらいだ。一二歳になるゾイは、弟分を欲しがっていたから丁度いい。

「そうだね。そうしな。虐めるんじゃないよ」

「しないよお！」

新入りの『クラス』と『スキル』が何かはわからないけど、あたしの直感は、戦場稼ぎなんかよりこの新入りの命を優先した。

ゾイは賢いし気立ても悪くない。預けても問題ない。

「……」

一方、アシタは、初めて見る純血種の人間に戸惑っていた。

「ほ、本当に男か、こいつ。すげえ細っこい……」

アシタには半分だけ『鬼人《オーガ》』の血が混じってて、身長だけなら、あたしとタメを張ってる。今でも頼りになるけど、あと一年もすれば喧嘩でもあたしとタメを張るようになるだろう。種族的にデカいからか、アシタの目に新入りは男に見えないようだった。

「アシタ、新入りは男だよ。あんたも半分は人間なんだから、姉貴分として、ちゃんと守ってやるんだよ」

「え!?　あ!?　わ、わかった……！」

そして予想通り、猫人《ワーキャット》のエヴァは目を細くして新入りを睨み付けている。

猫人《ワーキャット》は、仲間内でつるむ悪癖がある。具体的には、同種族間でのコミュニケーションに言葉を必要としない。

特にエヴァは排他的で、男嫌いの傾向がある。あたしの集団《グループ》が、これ以上デカくなるなら、今のうちに直しておきたい悪癖だ。

　エヴァは眉間に皺を寄せた表情で、新入りの襟首の辺りの匂いを嗅いでいる。

「……こいつ、お香の匂いがするね。まさか、教会の関係者……？」

「あたしは『癒者』なんじゃないかって踏んでる」

　新入りの『ジョブ』が癒者なら大当たり。紛れもない『お宝』だ。長い間、あたしたちの為に役立ってくれる。

「今夜は抱いて寝てやりな。人間は弱っちいんだ」

「おーっ！」

　と、ゾイは拳を突き上げて新入りに馬乗りになる。よっぽど新入りが気に入ったようだ。

「あ、あたいもか？」

「そうだよ。嫌なのかい？　だったら無理強いはしないよ」

「あ、いや、そうじゃなくて、その、細っこいから、潰しちまうんじゃないかって……」

　あたしは笑った。

「男ってのは、割と頑丈なんだ。手加減すりゃ大丈夫さ」

「そ、そうか。良かった……」

　口には出さないけど、アシタはそろそろ『年頃』だ。新入りを大事にするってんなら問題ない。ただ、こいつときたら、腕力しか取り柄がない。あたしには従順だけど、目下には突っ張る良くない癖がある。

「あんただって、寒いのは苦手なんだ。新入りとは仲良くするんだよ」

「う、うん……あぅ……」

どこか煮え切らない返事をするアシタは、悪い子じゃないんだけど、ちょっと抜けたところがある。新入りの性格にもよるだろうけど、最初は上手くいかないだろう。

あたしは、大きく溜め息を吐き出して、アシタに、そっと耳打ちした。

「あたしらの弟分だ……気に入ったら、ヤってもいいよ……」

ここじゃ、力が全てを決める。種族的に弱い人間の新入りに選択肢はない。

結局、アシタにはこの言葉が良くなかったんだと思う。何をどう勘違いしたのか、アシタは新入りに舐められないように振る舞うようになる。それが酷い誤解を生んで——ゴミ箱になっちまうんだ。

「あたしは、やだかんね」

はっきりとそう言ったのはエヴァだ。

「あ？　今、なんて言った？」

猫人《ワーキャット》は強く賢い。おまけに魔力まである。一々言わないけど、仲間内じゃ一番期待してるのがこのエヴァだ。

「お前は、悪い癖があるねえ……」

あたしは手っ取り早く暴力でわからせる事にして、澄ましたエヴァの顔を張り飛ばし、二、三発小突いてわからせた。

あたしは、後にこれを酷く後悔する事になる。

これじゃ、全然、足りなかった。血反吐を吐くぐらい、徹底的にぶちのめしてわからせるべきだった。

この時は、新入りが恐ろしくなるぐらい苛烈な性格だって知らなかったんだ。

あたしはヘマをやった。エヴァの躾には徹底を欠いた。それが原因で——こいつもゴミ箱になっちまう。


目を覚ました新入りは、『ディートハルト・ベッカー』と名乗り、記憶に少し難があるようだった。

無理もない。一〇歳程度のガキが、死体の山の中に捨てられたんだ。忘れちまった方がいい事だってある。

ただ、自分の『クラス』を覚えてないのは頂けない。こいつは、今までどうやって生きてきたんだろう。スキルの事すらわからなかったのには驚いた。

やむを得ず、『宣告師』のアダ婆の下へ向かう事にした。

その途中、新入りは、下水道を流れていく死体を見て心を痛めていた。

もし、新入りのジョブが『癒者』なら、その感性はバッチリ当てはまっている。慈悲と慈愛の心を持つ事が『癒者』として最低限の資質だからだ。

死体を見た新入りは怯えていた。『お宝』の可能性が高い。あたしの勘ともバッチリ合ってる。

でも、あたしの勘は鋭過ぎて――とんでもないものを引き当てちまう。

アダ婆はディに言った。

「……神官。才能はかなりのもんだ。いいとこの坊っちゃん。その年にしては徳を積んでるね。神さまを信じてるだろう。不器用だが温かい。冷たい言い回しは責任感の裏返し。本当のあんたは慈悲深い」

衝撃的な『宣告』。その瞬間は、目の前に雷が落ちたみたいに全員が震えた。

とんでもない『お宝』だ。ディが神官なら、それはあたしとあたしの集団《グループ》にとっての虎の子だ。これが『運命』なんだって、あたしは確信した。

『神官』ディートハルト・ベッカーは、あたしが引き当てた『運命』だ。

あたしは、きっと大成する。ディがそうしてくれる。神官には『神《アスクラピア》』の加護がある。

卑しい戦場稼ぎなんて目じゃない。もう金の心配はいらない。ディがあたしの手にある限り、これからあたしのやる事は絶対に上手くいく。

そんな事を思うあたしに、アダ婆が真面目くさった顔で言った。

「悪いことは言わないよ。この子はアスクラピアの手に委ねるんだね」

「……なんでだ？」

あたしは、何を言ってんだ、この婆って思った。目の前に、あたしの運命があるのに、それを諦めろだって？

「なんでって、この子はあんたなんかの手に負えないよ。強い運命に引かれてる。きっと──」

最後まで言わせない。ディは、あたしの『お宝』だ。

この日、あたしは初めて人を殺した。

その事に後悔はない。迷いもない。ディはあたしのもんだ。神《アスクラピア》にだって邪魔なんかさせない。

絶対に渡さない！

「うるせえよ、ババア。あたしが最初に唾付けたんだ。ディはあたしのもんさ」

あたしにぶっ刺されながら、アダ婆は、それでもディから目を離さなかったのが不気味だった。

都合、一〇回ぶっ刺したところでアダ婆はくたばった。最期の言葉は……

「これも、運命さ……」

そう。あたしはこの運命を手放すような間抜けじゃない。ディをくそったれの教会に託

す？

冗談じゃないね。

あいつらは、あのドブみたいな豚の餌を作って、気取ってりゃいいんだ。

アダ婆に宣告を受けたディは、三日間も寝込んだ。

あたしが『悪党《ローグ》』の宣告を受けた時は丸一日だった。これでも、無茶苦茶長い『刷り込み』だ。

力の『刷り込み』は、長ければ長いほどいいけど、ディのそれは長過ぎる。『聖者』クラスの『刷り込み』だ。今は子供だから大した事はないだろうけど、成長して大人になれば、神官として凄まじい力を発揮するだろう。

でも、その刷り込みに耐え切れなければそれまでだ。

滅多にないけど、あまりに長い『刷り込み』が、そいつの命を奪っちまう事だってある。

あたしの運命は膨らむと同時に萎《しぼ》みつつあった。

金はこういう時こそ使うんだ。あたしは全財産を叩《はた》いて、ディの為に宿を取った。あの汚らしい下水道でディを死なせる訳にはいかない。少しでも体力の低下を防ぐ為の措置だった。

アスクラピアはよほどディを気に入ったんだろう。刷り込みは三日間にも及び、ディは漸く目を覚ました。

あたしは安堵した。財布の中身はすっからかんになっちまってたけど、それでも安堵した。

そして、あたしの想像を超えてディは動き始める。

「金の当てはあるか?」

本当なら、もう少し休ませたいってのが本音だったけど、ディは……あたしのディは止まらない。

「俺がやると言えば、方法はあるか」

アスクラピアの『刷り込み』が長過ぎたせいだろうか。あたしより五つも年下のくせに、ディと話していると、大人の男と一緒にいるような頼もしい気持ちにさせられた。

「アンタがそう言うなら、うん!」

ディが寝込んでた三日間、あたしは何もしてなかった訳じゃない。年長組……特にアシタとエヴァとゾイには『神官』の特殊性と有用性について口を酸っぱくして聞かせていた。

あたしは言った。

「ディ、これからアンタがNo.2だ」

こいつの上には『あたし』だけだ。仲間にだって邪魔させない。弱っちい純血の『人間』だから、大切にしなきゃいけない。

「……」

ディは答えず、右手でアスクラピアの聖印を切った。

『聖者』クラスの『刷り込み』をされたディの祝福だ。今は子供でも、この祝福には恩恵がある。

ディは、あたしの想像を超えて頑張った。

目を回し、大汗を流しながらその日は銀貨二枚に銅貨五枚を稼いだ。

そして分け前はいらないと言う。

ディは金に関心がない。

静寂が守られるいい部屋と、しっかりした食事以外に求める物はない。あたしには都合が良過ぎて、何が起こってるのかわからなかった。

ただ一つ、気に入らない事を上げるとしたら、ゾイを気に入って側に置きたがった事だ。

確かにゾイはいい子だ。器量もいいし、気立てもいい。頭だって悪くない。でも、あたしほどじゃない。

ディにご指名を受けたゾイが、一瞬だけ笑って、あたしは苛々した。

あたしは一つ勘違いをしていた。偉そうな口振りも態度も、アスクラピアに受けた長い刷り込みのせいだって思ってた。

でも違う。金なんていらないって言うから、あたしはディを都合よく勘違いしちまったんだ。

ディは人間のままだった。アスクラピアに、あれだけ強い刷り込みを受けてなお、独りの人間として自我を保っていた。その証拠に、この時にはもうアシタの事を嫌っていた。

その日も宿を取る事ができ、ディとゾイの二人が個室に引き取るとエヴァとアシタの不満が爆発した。

「ビー！　なんだって、あいつらだけが個室なのさ！」

「そ、そうだそうだ！　ビーは、新入りには護衛であたいも付けるって言ったのに‼」

ゾイの勝ち誇ったような笑みが頭から離れない。あたしは苛立っていた。

「うるさいねえ、あんたらは……！」

あたしは容赦なく、この馬鹿二人を殴り付けて鬱憤をぶちまけた。

「悔しかったら、ディより稼いでから言いな！」

その後、あたし自らが使い走りしてメシを用意してディの部屋に行くと、裸にタオル一枚のゾイに出迎えられたのには驚いた。

あたしは平気なふりをしたけど、このチビのドワーフには、いつか思い知らせてやるって決意した。

「遅い」

そう言ったディは裸に毛布一枚で、あたしはより一層ゾイに対する憎悪を深めた。

あたしは、ディと話していると、年の離れた大人の男と話しているような気にさせられる。

時には褒め、時には煽り、時には認める。ディは、あたしが癇癪《かんしゃく》を起こさず、聞く事ができるぎりぎりの線で話す。頭は悪くない。むしろ賢過ぎる。そして地位にも興味がないから憎めない。

一人が好きなのだ。

こいつは、衣食住が確保されていて、静かな場所があれば、あとはどうでもいい。あたしが癇癪を起こして出ていけと言えば、すぐにでも姿を消すだろう。

それは恐ろしい想像だった。

——教会。

ディの欲求を今すぐにでも満たせる場所はそこだけだ。一度でも教会に行ってしまえば、ディはもう帰ってこない。

ディートハルト・ベッカーは、神《アスクラピア》に近過ぎる。

口では上手い事を言ってるけど、ディは、あたしたちに興味がない。

静かな場所で瞑想するのを好み、唯一の嗜好品が『伽羅』だ。そしてアスクラピアの神官らしく、小難しい言い方をする。

あたしは、その日もヒール屋の客引きをしたけど、客は全員がディの腕前に満足して帰っていった。

この日もディは全力を振り絞り、あたしたちの為に金を稼いだ……のだろうか。

ディは金にも地位にも興味がない。何もなければ無駄口は叩かないが、一度口を開けば説教を始める。

やれ、ガキ共の服を買ってやれ。やれ、ガキ共に腹いっぱい食わせろ。

あたしの事だけ考えていればいいのに。神官のお手本みたいな言葉には反吐が出そうだった。

そして、この日、最後の客は最悪な客だった。

前日、「また来る」と言って引き下がった筋肉ダルマのアレックスだ。

実際に治癒を受けたのはアネットとかいうハーフエルフの女だったけど、ディの行った治癒は、あたしは勿論、経験豊富な冒険者の二人ですら見た事がない治療法だった。

ディ曰く。

そこら辺のモグリでもできる。そして、実際にディはやってのけた。

あたしはヘマをやった。この日もディは神力を振り絞り、酷い魔法酔い《マジックドランカー》でぶっ倒れた。

問題はその後だ。

冒険者、アレックスが肩を怒らせて言った。

「おい、コラ。クソガキ。こいつマジもんの神官だな?」

「そ、そんなんじゃない……」

「嘘つけ。お前ぐらい、片手で捻り潰せるんだぞ……」

A級冒険者、アレクサンドラ・ギルブレスの総毛立《そうけだ》つような迫力に、あたしは勿論、仲間も全員が震え上がった。

「この子、小さいけど、間違いなく第三階梯《かいてい》ぐらいの力はあるわね」

ハーフエルフが目敏《めざと》くディの力を見抜き、その言葉にアレックスは険しい表情になった。

「クソガキが！　お前、マジもんの神官に小遣い稼ぎさせてるのか‼」

「あぅ……」

アレックスの怒りは激しく、あたしは漏らしそうだった。

「言え！　宣告を受けたのはいつだ‼　何日『刷り込まれた』！」

「せ、宣告を受けたのは五日前で、刷り込みは三日間です……」

ビビって答えたのはエヴァのヤツだ。猫人《ワーキャット》には、そういう惰弱なところがある。

「三日だと⁉」

アレックスとアネットの二人は、一瞬お互いを見合わせて、次に目を回したディに刮目した。

魔法酔《マジックドランカー》いの症状からくる眠気に目を擦るディは、ゾイに支えられた格好でこちらを見つめている。

アレックスが怒鳴った。

「おいコラ、クソガキ！　三日も刷り込まれたら、そいつは『聖者』クラスの才能があるって事だ!!　何故、教会に連れていかない！」

そこでエヴァは泣き出して、アシタは恐怖に唇まで震えていた。

絶体絶命のピンチだった。こいつらの言っている事は圧倒的に正しい。ディートハルト・ベッカーという『神官』は、こんなクソ溜めで小遣い稼ぎをさせていい存在じゃない。

ディは誰にも渡さない。でも、今のあたしには、アレックスに対抗する力がない。

このピンチをどう乗り越えるか考えていると、助けの手は意外なところから差し出された。

眠気に潰れそうな目でディが言った。

「……冒険者ってのは、チンピラヤクザと変わらんな……」

この一言が、状況を変えた。反応したのは、ハーフエルフのアネットだ。

「なんですって!?」

「礼に倣わざるは卑賤の輩。金はいらんから失せろ。二度と来るな」

そのとどめの一言には、あのアレックスですら顔色を変えた。

「おい、ちょ、待て――」

「違う違う！　これは貴方《あなた》の為に――」

力のある神官の言葉には力が宿る。それが無責任に放たれた言葉であれ、第三階梯の神官が放った言葉なら大事だ。

災いの元にならぬよう、力のある神官ほど沈黙を好むとされる。

ディが言葉を取り消さない限り、二人には災いが訪れる可能性がある。とりわけ、今の言葉は人格否定と絶縁の言葉だ。実現すれば酷い事になるだろう。

アレックスとアネットの二人は引き下がり……

「上手く手懐けたな……ええ？」

「……大丈夫だとは思うけど、第三階梯の神官の呪詛《じゅそ》なんて御免よ。どうする、アレックス」

神力を使い果たしたディは眠っている。


その後、拉致されるように訪れたオリュンポスのクランハウスで、あたしたちは、力のある神官の存在が、どれほど恐ろしいかを懇々と聞かされた。

アレックスは忌々しそうに言った。

「わかるか？　あいつの言葉には力がある。適当に言った事でも実現する可能性があるんだよ！」

てめえが蒔《ま》いた種だろう。

そう言ってやりたかったけど、弱いあたしたちは黙って聞く他に道がない。

その場にはエルフの魔術師がいて、興味深そうに話を聞いている。

「おい、マリエール。どう思う？」

「……」

マリエールと呼ばれたエルフは暫く考え込み、それから言った。

「……あの子の好きな物は？」

「え？」

何故、そんな話になるのかわからなくて思わず聞き直すと、アレックスが怒鳴り声を上げた。

「こっちが聞いたら、お前はすぐに答えるんだよ!!」

「す、好きなのは、きゃ、伽羅です。あ、あと、宿にすごく拘ります……」

答えたのはエヴァだ。

猫人《ワーキャット》の卑屈、惰弱には付ける薬がない。

近いうちに思い知らせてやる。

あたしは、マリエールとかいうエルフ女の質問には何一つ答えなかったけど、エヴァの馬鹿が全てを洗いざらい話した。

――クソがッ！

そして、神官のいる場所に『教会騎士』の姿あり。あたしらみたいなスラムのガキでも知ってる有名な格言だ。

「何をどうしようと、あのディートハルトとかいうガキは、必ず教会に行く羽目になる。お前らも教会騎士のヤバさは知ってるだろう」

――教会騎士。

アスクラピアの教会に所属する究極のイカれポンチ共。アスクラピアの神官大好き。神官のいるところに必ずや教会騎士の姿在り。こいつらに理屈は通用しない。

「……」

アダ婆の最期の言葉が脳裏を過って消えていく。

――アスクラピアの手に委ねろ。

――手に負えない。

――これも運命。

「正式な認定を受けたが最後。あいつは、お前らが逆立ちしたって手を出せるような存在じゃなくなる」

「……」

アレックスの言う事は正しい。でも、あたしはあたしの『運命』を手放すような間抜けじゃない。

マリエールが頷いた。

「アネットの予想通り、彼が本当に第三階梯の神官なら、貴女たちは、全員、教会騎士に殺される」

そこでエヴァは泣き崩れ、アシタとゾイは困惑して目を泳がせている。

「なんか言え、コラ。お前が親分だろうが」

アレックスの言葉は段々荒っぽさを増していく。ディの言った通り、これじゃチンピラヤクザと変わらない。それとも……ディの『言葉』の影響だろうか。

あたしも身に染みた。

『神官』ディートハルト・ベッカーは恐ろしい存在だって。

だからこそ離さない。ディはあたしのものだ。虎の子だ。あの子がいる限り、あたしの可能性は無限だ。

「あたしから、あんたたちに言う事なんて何もないね」

たとえ殺されたって喋らない。あたしのディの事は何一つだって教えない。

でも、その覚悟を無駄にしてくれたのはエヴァのヤツだ。余計な事まで、べらべらと本当によく喋った。

三日間のお告げを受けたディが、目を覚ましたその日のうちに、けろっとしてヒール屋を始めた事。口の中に含むぐらい伽羅を愛用する事。ドワーフのゾイを気に入っていて、側に置きたがる事。『夜の傭兵団』が打ち捨てた死体の中に埋もれるみたいにして気を失っていた事まで全てを話した。

あたしは、エヴァをぶっ殺したくなった。

あたしは一言だって話さなかった。アシタもゾイもビビってたけど、それでも一言だってディの事は言わなかったのに。

――このメス猫は……！

そして朝になり――

助けの手はやはり、同じところから差し出される。

ディを気に入ったアネットとかいうハーフエルフの女の部屋で休んでいたディが目を覚まし、有無を言わさず大声で叫んだ。

「アビー！　アビー!!　近くにいるなら来い！」

それは、離れた場所にいるあたしたちにも聞こえるぐらいの凄まじい怒声だった。

女エルフがぽつりと言った。

「やばい。雷鳴が出る」

「……！」

『雷鳴』と聞いて、アレックスは鼻白んだ。ディの怒号は凄まじく、初めて雷鳴を聞くあたしですら嫌な予感がした。

あたしの『勘』が言ってる。今のディは、すこぶる付きのヤバさだって。近寄らない方がいいって。

目の前のアレックスが両手を上げて、言った。

「降参。参った。昨日の事は見なかった事にするから、あいつを抑えてくれ」

あたしはすぐさま席を立ち、アシタを伴ってディの下へ走った。

ゾイは……意外な事に、ぼんやりとした表情であたしたちを見送った。

ゾイはディに特別な感情を持っている。でも、ディは手の届かない存在だってわかって
――諦めたように見えた。

あぁ、こいつの想《おも》いはその程度なのかって、あたしは少し安心すると同時に腹が立った。

――役立たずがッ！

蹴破るようにしてハーフエルフの部屋に飛び込むと、ディは怒り狂っていて、ハーフエルフを激しく罵った。

「失せろ、この売女が！　俺がお前に身の回りの世話を頼んだか⁉　アビー！　ああアビー‼　返答次第ではお前でも赦さんぞ‼」

嫌なとばっちりだ。あたしの勘は、この時も当たった。良くないものほどそうだ。本当にヤバい時ほど、あたしの勘はよく当たる。

これはヤバいやつだ。

その『売女』って言葉が、目の前のハーフエルフにどんな影響を与えるか少し興味があったけど、あたしの勘は、今すぐディをなんとかしないと大変な事になるって言ってる。

その後、なんとかディの怒りを収めたあたしは、改めて筋肉ダルマのアレックスと会話を持つ事になった。

その会話の席で、アレックスは疲れたように言った。

「刷り込みの影響かどうかは知らんが、あいつは筋金入りだ。話は全部、お前としろだと」

「……」

やっぱり、ディはあたしのものだ。あたしは一遍に気分が良くなって、でもそれは表に出さずに、アレックスから顔を背けた。

「クソガキ……！」

あたしの態度に苛立ったのか、腰を浮かせたアレックスに、マリエールとかいうエルフ女が耳打ちして、アレックスは鼻息も荒く再び椅子に腰を下ろした。

自らを落ち着かせるように深呼吸を繰り返すアレックスは机の上で手を組み、静かに言った。

「あいつと契約したい」

「……」

「その見返りに、一日に付き銀貨五枚とパルマの貧乏長屋一棟をタダでくれてやる。どうだ？」

「……っ！」

この時のあたしは馬鹿だった。目の前に突き出された条件は、あたしにとって破格の価値があって……飛び付いちまった。

結局、あたしはこの場で結んだアレックスとの契約を長い間後悔する事になる。

だってそうだろう？

あたしは、小金でディを売ったようなもんだ。それを、当のディに指摘されるまで気づかなかったんだ。単純な引き抜きだってわかってて、それでもこの契約を受けちまった。

あたしらの間に不穏を撒《ま》き散らす思惑があったなんて、この時は思いもしなかった。

本当、とんだ間抜けだ。ディが呆れるのも無理ない。あたしらに三行半を突き付けるのも無理ない。

本当、とんだ間抜けだ。そんな間抜けなあたしだから、エヴァはディに対する反発をやめないし、ゾイがそのエヴァを叩きのめしてディとの信頼を固いものにしちまう。

そんなのだから、あたしを甘く見てるアシタの間抜けは、エヴァが叩きのめされるところを、ぼんやりと指をくわえて見てたんだ。

あたしが全員に思い知らせてやるって思ったのは、この時だ。

アシタ、ゾイ、エヴァ、そしてアレックス。

こいつらには、絶対に地獄を見せてやるって覚悟を決めた。

でも、その覚悟はまだ甘かったんだ。あたしは即座に契約を打ち切って、ディをどこかに隠しちまうべきだったんだ。

急ぎダンジョンへ向かう馬車の中で、一人の少年が黙想している。

その姿に、猫人のエンゾもエルフのマリエールも冷たい汗を流した。

少年の吐き出す言葉は、一〇歳の子供のそれではない。加護が強過ぎる。その言葉は抽象的にではあるものの、運命を予言している。

――アスクラピア――

聖書では『青ざめた唇の女』。その本性は蛇。復讐と自己犠牲をこよなく愛する。

強力な癒しの力を持つ故に信徒からは母と敬愛されるが、復讐を好む故にこれを邪神と呼ぶ者も少なくない。

それ故か、神官は道を踏み外す者が多い。

だが、目の前のこの少年に至っては、道を踏み外す事はないだろう。

魔眼を持つマリエールはこの少年を恐れた。

クランハウスで、少年が忘我の表情で放ったあの言葉。

『……私たちの存在によって、貴女たちの寿命が延びるという事はありません。人は皆、天が定めた命数を生きるのです。その定められた命数を達者に過ごすのか、それとも傷付いた獣のように惨めに過ごすのか。その点に於いて、私たちには大いに存在意義があります』

あれは『アスクラピア』が語る『アスクラピアの子』の存在意義だ。聖書にある言葉ではあるが、本人の意思で出た言葉には見えなかった。強過ぎる加護があの言葉を発させたのだ。

少年の往く道は、アスクラピアの蛇によって舗装されている。

『救う』か『奪う』か。

アスクラピアの戯れる指は、いつだって気紛れにその両方を行き来している。

【第八章】『アスクラピアの子』

馬車に乗り込んだのは、俺、遠造、マリエールの三人だ。その馬車に揺られ、石畳の道を飛ばす。

俺は深く瞑想し、母……神《アスクラピア》との対話を求めた。

……母よ。アレックスは無事でいるだろうか？

神《アスクラピア》は答えない。

こいつは超自然の存在だ。虫けらの俺に、こいつの考えや思惑は理解できない。助けを求めたからといって、助けてくれるような甘いヤツでもない。

だが、見守っている。

俺のする事を見つめている。

俺は、それでいいと考える。母との対話はあくまで内面的なものであり、それ以外に意味はない。

重ねて言うが、これでいいのだ。

母……親はいずれ死にゆくものだ。だが、姿形は見えずとも、子の行く末を見守っている。

残された子は死力を尽くして前に進む。何か思う間もなく、ひたすら進む。前へ前へと。

そしてその姿はいずれ……

瞑想が深くなり、俺は確かに神《アスクラピア》の存在を感じた。

◇◇◇

お前は生き続けよ。

いずれわかってくるだろう。

◇◇◇

瞑想を終え、感覚を開くと、そこかしこにうずくまる死の気配を感じた。

俺は大きく嘆息する。

「おい、遠造。今、ダンジョンアタックしている五人のうち、何人が生き残っているか賭けないか？」

遠造は警戒する猫のように毛を逆立て、僅かにたじろいだ。

「……そんなにヤバい状況か？」

「近付いてわかってきた。かなりまずい状況だ」

進むにつれ、吹きすさぶ死の気配を強く感じる。

今の回復状況は五割といったところだ。そして問題のアレックスたちだが既に……。

運の悪い誰かが死んでいる。運のいい誰かが生き残っている。

俺は必要と思われる道具一式を詰め込んだバックパックを背負い、遠造の背中に覆い被さった。

「それじゃ行くぜ、先生《ドク》。振り落とされるなよ」

マリエールが不安を隠しきれない表情で俺たちを見つめている。

次の瞬間、俺を背負った遠造は馬車から飛び降りるなり、全速力で駆け出した。

風を突き抜けて駆ける。短い距離なら馬より早いと言った遠造の言葉は本当で、瞬く間に馬車を抜き去り、マリエールの物憂げな視線を置き去りにした。

俺は遠造の首ったたまにしがみついたまま顔を上げ、吹きすさぶ風の向こうに目を凝らす。

風穴のようなダンジョンの入口には人だかりができていて、大勢の冒険者たちが騒ぎ立てている。

稲妻のように駆け抜ける遠造が小さく呟いた。

「……まずいな」

何が？　と問う気にはなれなかった。

俺の目には既に揺らめき立つ黒い焔《ほのお》が見えている。

「遠造、油断するな。強い呪《しゅ》の気配がする。今のアレックスたちは穢《けが》れている」

「…………心得た」

遠造は短く嘆息して、小さく頷いた。

渦を巻くように屯《たむろ》する冒険者の数はおよそ五〇人といったところだ。

俺を背負ったまま、遠造は油断なくその渦の周りを駆け回り、状況の把握に努める。そして――

「いた。アレックスのヤツだ」

「……」

渦を巻くように屯する冒険者たちの中央で、アレックスは膝をついた姿勢で俯き、己の両手を見つめている。

「……先生《ドク》。近付いて大丈夫か……？」

「待て。もう少し観させろ」

冒険者の集団から距離を置き、立ち止まった遠造の背中から、俺は場の状況を見極める為に目を凝らす。

「……呪は……あれ自体に伝染性はないな……だが、すこぶる強力だ。おぞましいほどの毒性もある。アレックス以外の姿が見えない……他は死んだか……」

状況の全てが理解できた訳ではない。だが、クランマスターのアレックスが味方を置き去りにして逃げてきたとは思えない。それは言外にパーティの壊滅を物語っている。

遠造は息を吐き、やりきれなさに大きく首を振った。

「……アレックスだけは逃げ延びたか。流石と言うべきか……」

「いや、ヤツも死にかけてる。突っ込め、遠造。ヤツの治癒を優先する」

「了解した」

頷くと同時に駆け出した遠造は、アレックスを中心に屯する冒険者の野次馬連中に叫んだ。

「オリュンポスのエンゾだ！　てめえら道を開けやがれ!!」

大喝《だいかつ》する遠造の姿に冒険者の野次馬が割れていき、その行き止まりに力なく俯いたアレックスがいる。

その表情に先日の覇気がない。

虚ろな目は自らの両手をじっと見つめていて――その両手は、手首から先が溶けて骨が剝き出しになっていた。

そのアレックスの目前でピタリと立ち止まった遠造の背中から飛び降りた俺は笑った。

「よう、筋肉ダルマ。図々しく生き残っていたか。悪運の強いヤツだ」

その言葉を受け、アレックスは自嘲気味に笑った。皮肉を返す元気もないようだ。

「馬鹿なヤツだ。いったい何と戦った？」

「……ヒュドラ亜種。アンデッド化していた……」

「ふん、そうか」

今のアレックスは強い呪に穢れている。俺はバックパックの中から青石を取り出し、自ら親指の腹を食い破った。

アレックスの髪を引っ掴み、引き寄せると自らの血で額に聖印を書き込む。

これで命だけは拾うだろう。だが、それだけでは『助かった』とは言えない。次いで青石にも血の聖印を刻む。クランで作ってきた聖水では効果が弱過ぎる。アレックスの穢れは祓えない。

「銀貨で五〇〇枚。右手一〇〇枚。左手五〇枚」

「……！」

アレックスが俯きがちだった顔を上げた。

「手は、治るのか……？」

「すぐに、とはいかんが治してやる」

アレックスは冒険者だ。今にも腐り落ちそうな手では剣を握れない。それは冒険者としての『死』だ。この手をなんとかしてこそ、アレックスは『助かった』と言えるのだ。

アレックスの目に覇気が戻る。殆ど即断で言った。

「払う」

まずはこの程度だろう。

強力な神力の籠もった青石は皹《ひび》が入り、どくどくと聖水が溢れ出している。その聖水をアレックスの頭にぶっかけて強引に呪を祓う。

「これで無理なら、それがお前の命数だ。諦めろ」

『血印聖水』。今の俺が作れる聖水の中では最も強力な聖水だ。

聖水をぶっかけた瞬間、アレックスの身体から蒸気のような煙が巻き上がり、霧のように霧散していく。

いける、と思った。が……俺は激しく舌打ちした。

「……阿呆《あほう》が。ここまでやって逃がしたか」

「アンデッドだからな……」

呪を掛けた存在が『生きている』というのは始末に悪い。血印聖水は効いているが、呪を消した端から新たに呪が湧き出してくる。よほど、アレックスは抵抗したのだろう。諦めてない。怨念のような執着を呪に変えて送り込んでくる。聖水が足りない。

「遠造、マリエールはまだか？」

マリエールは魔術師だ。神官《おれ》とは違うアプローチになるだろうが、呪に対する抵抗手段があるだろう。それに期待したのだが……

「まだだ、先生《ドク》。無理そうか……？」

俺は内心で小さく舌打ちした。

つまるところ、人生とは悪しき冗談の連続だ。

これは試練だ。今の未熟な俺では命懸けになるだろう。

母《アスクラピア》は手を貸してくれない。だが、見守っている。俺のする事を見つめている。

ならば……！

「……遠造。少し耳を塞いでいろ。野次馬の連中は……どうでもいいか……」

「あ？　どういう事だ？　先生《ドク》、あんたいったい何を……」

どうしても諦めないなら、諦めさせるより他はない。強い呪には、より強い呪で対抗するしかない。

「命の木から、葉が舞い落ちていく」

アスクラピアの二本の手。

一つは癒し、一つは奪う。

今回は『奪う』手を使う。

呪詛返しだ。今の俺には難しいが、こういうのはビビった方の負けだ。

「一枚……また、一枚……」

そこまで聞いてしまった遠造が恐怖に満ちた悲鳴を上げた。

「ばっ、馬鹿野郎！　いきなりなんて事しやがる！　死の祝詞だ！　皆、言葉の届かない場所まで逃げろ!!」

だから耳を塞げと言ったのに。

「今はまだ熱く燃えているものが、間もなく燃え尽きるだろう」

遠造が脱兎《だつと》の如く逃げ出して、野次馬の冒険者たちも蜘蛛《くも》の子を散らすように逃げていく。

「骸《むくろ》の上を冷たい風が吹きすさぶ。お前の上に、母が身を屈める。だが、母の目はお前を見ていない。全てのものは移ろい、消え去る。全ての者は死ぬ。喜んで死ぬ。その中で、母だけは永遠に留まっている」

あと少し、あと少しで『死の言葉』が完成する。

俺の限界を超えた神力が身体から抜け出していく。

俺の中の『ディートハルト』はやめろ！　と言う。俺の中の母《アスクラピア》は、やれ！　と言う。

勿論、やるとも。俺は嗤《わら》って言葉を紡ぐ。

「母の戯れる指が、儚《はかな》い虚空にお前の名を書く」

あと一言。あと一言で『死の言葉』が完成する。

呪詛返し。ヒュドラだかアンデッドだか知らんが地獄に送ってやる。

「……」

薄く目を開けると、俺を凝視するアレックスの唇が紫色になって震えていた。

俺は嘲笑った。

「そうかそうか。お前もいたな。恨むならアネットを恨め。ヤツはやってみろと言った」

母の手は対象を選ばない。そして俺も命を懸けている。アレックスも例外じゃない。

母《アスクラピア》よ。俺は『公正』だろう？

「汝《なれ》、これより――」

今、正に俺が『死の言葉』を完成させようとした瞬間の事だ。

「……!?」

アレックスの身体から空を覆うほどの黒い焔が巻き上がり、瞬く間に宙に霧散して消えた。

「――クソッ！」

逃げられた。忌々しいヤツ。敵わぬと見てアレックスから手を引いた。

なんと歯切れの悪い。そしてなんと口惜しい事か。俺が今少し強力な神官であれば祝詞を略し、逃げる間もなくアレックスもろとも地獄に叩き込んでやれたものを。

この中途半端な結果に俺は胸糞悪くなって、目の前の筋肉ダルマに毒づいた。

「……運のいいヤツだ。この死に損ないめ……」

そして、忘れてはならない事がもう一つある。ぶっ倒れる前にやっておかねばならない事がある。

「この前は過分な報酬を受けた。釣りだ。受け取れ」

今、正に死の淵《ふち》を見たアレックスは震えが止まらないのか、がちがちと歯を鳴らしている。その足元に、パルマの貧乏長屋から持ってきた『それ』を投げ付けた。

「青ざめた唇の女。その本性は蛇。自己犠牲と復讐をこよなく愛するしみったれた女神、アスクラピアの祝福《災い》あれ！」

俺は右手で聖印を切り、深く頭を垂れる。

ゴミはゴミ箱へ。

残ったのは、千切れた猫の尻尾だけだ。

『ある男の述懐《じゅっかい》』

青白く光る朝の光を見つめている。

ベランダに出て煙草に火を点けると紫煙《しえん》が風に流れて消えていった。

今時、喫煙者はどこに行っても肩身が狭い。今住んでいる高層マンションも本来は喫煙禁止だ。それでも我慢して住んでやってるのは、つまらない見栄の為だ。それ以外には何もない。

時間は……何時だっただろう。どうでもいい。出社時間には間に合う筈だ。

つまらない。退屈だ。生きている事自体が億劫で堪らない。俺という男は、いったいいつまでこの下らない生を続ければいいのだろう。

煙が胸に滲みて嫌な咳が出た。

そういえば……お袋のガンが見付かったのも、今の俺と似たような歳だった。

「そうか……俺もそんな年頃か……」

灰皿に煙草を押し付け、喉に絡んだ痰を吐くと僅かに血の色に染まっている。鮮やかな赤だった。

いよいよ下らない人生の先が見えてきて、俺は小さく鼻を鳴らした。

「俺のすべき事……」

時折は真面目に考える。

これまでは自分の為にだけ生きてきた。他人を蹴落とす事もした。それなりに出世して、金はもう十分ある。思い残す事は何もない。ただ……幸せだと感じない。

俺は生き方を間違えたのか？

新しい煙草に火を点けながら、俺は自嘲の笑みを浮かべる。もし、生まれ変われたら……その時は別の生き方をしてやってもいい。それだって俺のやり方になる。きっとロクな事にはならんだろうが……

ありもしない出来もしない事を。下らない妄想に反吐が出そうだった。

俺という人間にはどこかしら死の気配が漂っている。自分でわかるぐらいだ。当然、女とは長続きしない。仮に、もしもだが……俺のような男に手を差し伸べる神さまとやらがいるならそいつは悪魔か邪神に違いない。それとも皮肉屋の神か……

どっちでもいい。そんな都合のいいもしもは存在しない。仮にやり直せたとしても、俺のような男が長生きする事はないだろう。何も変わらない。

――言ったな。その願い、聞き届けた。

低く、圧し殺したような女の声が聞こえたような気がして、俺は強く頭を振った。

先が見えてきていよいよ頭にまで来たようだ。

その時は鼻で嘲笑った。
一寸先も見えない闇の中であのガキに会うまでは……

アスクラピアの子／了

あとがき

皆様、知っている人も知らない人も初めまして。ピジョンと申します。

今回、この『アスクラピアの子』を手に取っていただき、本当にありがとうございました。

さて、ありがたいことにあとがきも書かせていただけるそうで、何を書いていいのかさっぱりわかりませんが……めでたいことにネトコンに入賞いたしまして、書籍化の運びとなりました。なんとなんとコミカライズ企画も進行中らしいです。まだ始まったばかりという事でウェブ版との差異は少ないですが、ここから更にクオリティを上げ、内容も変えていけたらな、などと思っております。

これからも、この『アスクラピアの子』の応援、よろしくお願いいたします。皆様の応援が私の原動力になっております。

それではまた。皆様にこうして会える日を夢見て。今日は、おさらばでございます。

アスクラピアの登場人物紹介
つまるところ、人生とは悪《あ》しき冗談の連続だ。
アスクラピア
復讐と癒しを司り、自己犠牲を好むしみったれた女神。
アビゲイル
（通称：アビー／ビー）
直感のスキル持ちでなんでも自分でやらないと気が済まないタイプ。捨て子で作られた集団のリーダー。
ディはあたしの『お宝』だ。
これは死にかけの捨て子が

本編に登場した主要人物の
一部をここでおさらい。
ますます苛烈になる
ディの生きざまと
愛憎入り乱れる展開に
期待せよ！

最強の神官へと至る物語――

ゾーイ（通称：ゾイ）

明るく真面目で辛抱強い
ドワーフの女の子。
ディートハルトのことが好き。

ゾーイは、
ディのものって事で、
いいんだよね……？

ディートハルト・ベッカー
（通称：ディ）

思慮深い反面好戦的。
貴重な神官の力を活かし、
アビゲイルたちの集団で
N0.2に。

俺は、
誰かを愛せる
人間で
いたい。

MAG Garden NOVELS

アスクラピアの子

発行日　2024年9月25日 初版発行

著者 ピジョン　イラスト 増田幹生

発行人　保坂嘉弘
発行所　株式会社マッグガーデン
〒102-8019 東京都千代田区五番町6-2
ホーマットホライゾンビル5F
編集 TEL：03-3515-3872　FAX：03-3262-5557
営業 TEL：03-3515-3871　FAX：03-3262-3436
印刷所　株式会社広済堂ネクスト
担当編集　柊とるま（シュガーフォックス）
装　幀　新井隼也＋ベイブリッジ・スタジオ、矢部政人

本書は、「小説家になろう」(https://syosetu.com/)作品に、加筆と修正を入れて書籍化したものです。

ISBN978-4-8000-1491-7 C0093　Printed in Japan

著者へのファンレター・感想等は〒102-8019 (株) マッグガーデン気付
「ピジョン先生」係、「増田幹生先生」係までお送りください。